一茶と女性《おんな》たち

小林一茶を理解する二百三十一句

三和書籍

玉霰夜たかは月に帰るめり
一茶
画:小林辰平

一茶と女性たち

目次

目次

はじめに

私が一茶に興味をもったのは、小学校の高学年の時からで、その理由は一茶が弱いもの、小さいものに対する愛情から多くの作品を書いていると思ったからであった。しかし当時（戦時中）は俳諧史上から一茶を抹殺したいという風潮が一部にはあって半ば実行されていたから、私の一茶に対する興味の大半は、小学校（当時は国民学校）で学んだものからではなかった。勿論彼の作品の多くが発禁にされていたわけではなかったし、草花、鳥、虫、子供に対して書かれた作品群の一部は、私の記憶にまちがいがなければ、小学校で紹介されていた。当時の私のあだ名は「一茶のおじさん」であった。とにかく戦時中は、一茶の作品群を守るために、涙ぐましい論文もいくつか出された（高木蒼悟『愛国詩人一茶』（さいかち、昭和十五年）、高津才次郎『愛国俳人一茶』（さいかち、昭和十七年）、栗生純夫『土の俳人一茶』長野県農業会、昭和十七年）、藤岡改造『愛国俳句の史的概観と一茶の愛国的性格』

（二松、昭和十八年）等々」。しかし彼の愛国心や草花、鳥、虫、子供に対する愛情をうたったものの中には、必ずしもそのものを直接指したのではなく、その背後に隠されたものをうたったものもかなりあることがあとでわかった。

次に再び一茶にひかれたのは、高校に入ってからで、それは彼の反権力的な姿勢にあった。この面での彼の支持者は多いが、その反面戦時中彼を抹殺しようとした動きの大半はここにあった。勿論彼の反権力的な作品群を彼の思想性や純粋さと結びつける書物もあるが、必ずしもそうであったのか、少なくとも一部には疑問がある。

それから私は大学の歯学部を卒業して、そこの薬理学の教員として残り、四十歳代ではまた別のことにあらためて興味をひかれた。それは彼の病気とか歯に関した文章や薬物療法に関した著述が意外に多いことにあった。

なお五十歳を過ぎてから、一茶の女性問題を扱かった秀れた著書にいくつも出会った。今これらを読みかえしてみると納得しえない所もあるが、とにかく一茶の出生地の信濃の研究家たちの著書にはない大胆な論旨の展開には眼をみはるものがある。だからと言って信濃の研究家たちを軽んじているわけではない。それは彼らが中心になってまとめ上げた『一茶全集』（全七巻と別巻、尾沢喜雄・小林計一郎・丸山一彦・宮脇昌三・矢羽勝幸編、昭和五十一年～昭和五十五年）と矢羽勝幸編著による『信州向源寺――一茶の新資料集』（信濃毎日新聞社、昭和六十一年）と『一茶の総合研究』（信濃毎日新聞社、昭和六十二年）なくして一茶を語ることはできない。私はこれらについて、すみからすみまで眼を通した。だから今回の拙著はこれらに負う所が大である。

私は俳句の専門家ではない。ただ少年時代から一茶の作品に親しんできただけである。そして私ごとき一介の医学研究者が専門書を書く以外に、一茶とその作品及び彼の関係者について書く機会があれば、それを実現したいとおこがましくも思っていたことを、今回おこなうことができた。そしてここでは一茶の作品、生き方について従来あまり触れられなかったことも、私の調べた範囲で述べさせていただく。

なお是非とも付け加えておきたいことだが、これは勿論一茶の研究者の多くは知っていることだが、一茶の文章は事実を事実として叙述するものではない。むしろその美文仕立ての文章や脚色は、事実を歪め、時には隠蔽し、現実の問題を排除する。その傾向は俳句にもみられる。これらの理由については、後述するが、要するに自伝作家たる一茶は、自己によって演出された作品の中で演技をしているわけである。この点を理解して彼の文章を伝記的資料として取り組まなければならない。私はこの姿勢で本文をまとめた。

序言の最後に私が読んだ一茶関係の書籍のうち、特に感銘を受けたものを発行された年代順にあげておく。

『一茶』川島つゆ著、春秋社、昭和二十二年
『蕪村集一茶集』〈日本古典文学大系58〉、暉峻康隆・川島つゆ校注、岩波書店、昭和三十四年
『小林一茶――〈漂鳥〉の俳人』金子兜太著、講談社、昭和五十五年
『人生の悲哀――小林一茶』〈日本の作家34〉、黄色瑞華著、新典社、昭和五十九年
『一茶の時代』青木美智男著、校倉書房、昭和六十二年
『一茶の日記』北小路健著、立風書房、昭和六十二年
『一茶の研究、そのウィタ・セクスアリス（復刻版）』大場俊助著、島津書房、平成五年
『一茶の世界――親鸞教徒の文学』黄色瑞華著、高文堂出版、平成九年
『一茶に惹かれて――足で描いた信濃の一茶』千曲山人著、文芸書房、平成十二年

第一部　一茶が俳諧師となった奉公先と医学的知識の一部分

第一章　一茶の若き日の奉公先

一茶の少年時代（十五歳まで）については詳しく書かれており、ここでその多くを記す必要はない。ここでは一茶の本名「小林弥太郎」と通り名「信之」を記すだけにとどめる。問題は十五歳（安永六年／一七七七年）から二十五歳（天明七年／一七八七年）までの十年間である。この間の政治上の大事件は、天明六年の老中田沼意次の失脚と翌七年の第十一代将軍、徳川家斉の就任である。なお一茶は田沼意次をうたった句を二つ書いている。

『一茶全集』（別巻）によれば、十五歳〜十六歳までの一茶の奉公先は、寺院か、柏原出身の江戸在住の医師の所ともいわれ、また江戸谷中の書家市川氏（寛斎か）の奉公人作治郎（信州赤渋出身）の所ともいわれるが、確証はないと記している。このうち柏原出身の医師とは、瓜生卓造著『小林一茶』（角川書店、昭和五十四年）によれば、小林山三郎《サンサブロウ》である。山三郎は公儀御医師をつとめていた。一茶はこの医者の所にしばらくいた可能性はある（しかし瓜生はこれに否定的である）。というのは、一茶は薬に詳しくて、後記する民間療法、薬物の類を『治方刷物』（信濃帰郷後の文化十三年）という題でまとめた書きものがあるが、その前から薬についての書き置きがいくつもあるからである。彼には信濃に医者の門弟が幾人もいる。彼らから得た見聞も入れてまとめたのが『治方刷物』であろう。しかし彼らを門弟にする前の享和三年～文化元年（一、二行は文化四年、十五年の記事もある）の『新増行程記大全書込』の欄外には民間療法の覚書が多く記載されている。このことから推して彼が一時期医者の所に住み込み、門前の小僧何とやらで民間療法や薬のことを覚えたのかもしれない。

他の説としては、彼と同郷の伊那群大島村出身の大島蓼太《リョウタ》（本名陽喬、通称平助、平八。別号宜来、雪中庵ほか。天明七年九月七日没、八十歳）の下僕となり、この縁で俳諧をたしなむようになったのではと推察されている（一茶自身も深川に住んだと書いている）。蓼太は、名を成す前に故郷をあとにしたせいか、名を成してからも信州との関係は薄い。著名な門人は、わずかに、後年一茶とも深い交渉を持つ代官の今井柳荘のみである。蓼太と一茶との関係は江戸に来てからである。蓼太は一時期の離反を除き、葛飾派とは親しい関係にあった。そして一茶は同郷の縁をもって、蓼太に接近した。彼の口添えによって葛飾派の存在を知ったのであろう。蓼太は勿論一流の俳諧師であったが、経営の才にもすぐれ、二千余の門弟を持ち、さらにその生活は豪奢をきわめ、庵の数は、深川の本宅を始め、江戸だけでも根岸の老鶯巣、今戸の雪中庵、稲荷の子規亭を持ち、さらに駿府の時雨窓、遠江の七竈《ソウ》庵、仙台の嘉定庵その他いくつかの別庵を持っていた。一茶が蓼太の下僕であったとの理由は、彼が一時期留守番をしていた葛飾派の小林竹阿《チクア》（別号北窓庵他）の二六庵が、蓼太の老鶯巣の近くにあったこと、宝暦六年（一七五一年）に発刊した「続五色墨」は蓼太、竹阿他三名が同人であるが、特にこの二人は親密な関係にあった。一茶が竹阿の二六庵の下僕に転じたのは、従って蓼太の紹介であろう。そして彼が蓼太の所に居たのは一年足らずではなかったか。竹阿は宝暦の末年（一七六三～六四年）よりしばしば西国地方に行脚しており、江戸にもどって来たときに蓼太の紹介によって、二六庵に留守居をかねて一茶を下僕としておいたのであろう。そしてそれは十六歳か一七歳の時（安永七～八年／一七七九年～八〇年）であったかもしれない。この推測のもとは西国紀行に記されている（『一茶全集』五巻、三六ページ）。

彼が竹阿、蓼太の所にいたとする他の推測のもとは、『文化句帳』（『一茶全集』二巻、文化三年六月、三五三ページ）にある「三日晴東浦賀淵《州崎》先町専福寺へ参る。香誉夏月明寿信女天明二年六月二日没」の記事である。天明二年（一七八一年）は一茶が二十歳になった年である。竹阿、蓼太は安永、天明初年には浦賀、三崎、城が島等の弟子の俳諧の指導及びこの地方の俳人との句会にしばしば出向しているので、一茶もそれに随行したのであろう。それはおそらく十七〜十九歳の時であったろう。金銭は勿論のこと、何かにつけて全くみすぼらしい椋鳥（主として北信濃からの出稼人に対する蔑称）であった一茶が、一人で浦賀その他の土地に俳諧のことで人に会いに行くことなどはありえないから、やはり竹阿あるいは蓼太につき従って行ったと考えるのが妥当である。

他の説としては、彼の若き日の最大の庇護者であった大川立砂《リュウサ》（千葉県松戸馬橋在住。正式名称は平右衛門または吉右衛門。別号糸瓜坊他。寛政十一年、一七九九年十一月二日没）がいる。裕富な油商人で、余技として俳諧をよくしていた人である。一茶はこの立砂の家に奉公していたという伝承がある（佐藤雀仙人『馬橋の一茶居住説について』科野、昭和二十七年）。これにもかなりの信憑性がある。

とにかく一茶が十七、八歳の時に俳諧に深く親しんでいたのは確かである。

一茶は一カ所にとどまらず転々としていた。しかしこの間、文政句帳に綿々と記載している程の辛いことは、なかったのではないだろうか。そして寛政二年三月十三日、本所竹屋弥兵衛方で竹阿は八十一歳の生涯を終えたが、二六庵で留守居をしていた一茶がその死水をとったといわれている。

次に十六歳から二十五、六歳頃までの一茶の俳号であるが、その最も若いものは、安永七年の蓼太『歳旦帳』に記入されている「東武菊明」であろうか。だとすれば「俎板のおとも八声の薺かな」が、彼の句の初出となる。なおこの『歳旦帳』には、一茶が後に恋心をもったといわれる花嬌の句「今朝屠蘇の顔もほのめく初日哉」「鳥の巣も都うつしや煤はらい」が、夫の砂明の句と共に載っている。このとき花嬌は二十歳ぐらいだといわれる。次に天明七年、一七八二年長野県南佐久群佐久町の新海米寿の米寿記念集『真佐古』に渭浜庵執筆一茶、同年二六庵で連歌伝書『白砂人集』を書写し、小林圯橋《イキョウ》と署名した。この俳号は、二十五歳の時にすでに使われていた、と瓜生卓造は書いている（『小林一茶』一三一ページ、角川書店、昭和五十年）。

天明八年、森田元夢編『俳諧五十三駅』に十二句、さらに同年刊行の『俳諧百名月』（江戸の吸露庵涼帒系根岸風後篇）に一句、東都（連）菊明の名で入れている。

このように少なくとも十七歳～二十六歳までは、圯橋、菊明、一茶を使いわけている。なお菊明は寛政二年（一七九〇年）二十八歳のときまで使っており、この年三月竹阿が江戸本所で没したすぐ後に竹阿の句文集『其日《ソノヒ》ぐさ』を書写し、「菊名坊一茶書写」と署名している。

余談になるが、寛政年間には、新羅坊、阿道、ア道、房阿堂、亜堂、ア堂、雪外等の別号も名乗っている。

第二章　一茶の医学的知識

半生を行脚生活で送った一茶は、人一倍健康に関心が強く、そのための治し方、製薬法に心を砕いた。

その書物を大別すると、『いろは別雑録』、『日本輿地新増行程記大全書込』の中に書き入れたものと、独立した刷物として出した『治方刷物』とに分けられる。書かれている中には、今からみると迷信といえるものもあるが、すべて紹介しておく。

一　『いろは別雑録』

寛政初年から文化中頃までに継続的に書きつがれたもので、折本五帖。内容は大きく次の二点に集約される。

（1）いろは別による語句の読み、意味及びその用例集

（2）雑記（折々の感想、聞き書き、図書の抄録、民間療法、古人の詩歌メモ等々）

ここでは、そのうち民間療法、薬物について紹介し、それに附随した二、三の事柄を併記する。なお一茶自身の解説は漢字以外は全てカタカナで記入した。

鰒《フグ》毒去——糞汁呑ベシ。上ズミ也。

勿論迷信である。鰒《フグ》（河豚）中毒には現在でも特効薬は開発されていない。一茶は鰒に材を採った句を多数残しており、私の調べた所では、『寛政句帖』に始まって『文政句帖』に至るまで、八十首に及ぶ。鰒は先史時代から食用にされていた。ただし筋肉部だけを生食しただけであったが、後世、煮炊きして内臓まで食べるようになった。現在では周知のことだが、鰒の体内の毒素のテトロドトキシンは熱で分解されない。そのため中毒による死亡事故が起きるようになった。最もよく食され、比較的毒が少ないといわれるトラフグでも、卵巣、肝臓、腸にはテトロドトキシンが多量に含まれる。今でこそ鰒調理師の免許をもつ者でないと、鰒を取り扱うことができないため、鰒の中毒事件は極めてわずかになったが、江戸時代は鰒による中毒死が頻発した。一茶も好んで鰒を食していた（後述）。

桂枝湯《ケイシトウ》――茯苓《ブクリョウ》、ガジツヲ加フ。

頭痛、さむけ、寒冷による腹痛等に利く漢方薬。桂枝、シャクヤク、生姜《ショウガ》、タイソウ、甘草《カンゾウ》等からつくる。一茶はそれに茯苓(イバラ科の多年草。高さ三五センチほどで黄色い花をつける)、ガジツ(ウコンの異名。ショウガ科の多年草。熱帯原産)を加えている。

桂枝を加えた生薬は、現在でも二十数種類市販されており、一茶が重視した茯苓を加えたもののうち桂枝茯苓丸の効果は、のぼせ症で充血しやすく、頭痛、肩こり、めまい、心悸亢進に有効であり、さらに婦人科系の諸症状(子宮並びにその付属器の炎症、子宮内膜炎、月経不順、月経困難、帯下、更年期障害)、腹膜炎、打撲症、痔疾患、睾丸炎等にも効果的と専門書に記載されている。

水引草《ミツヒキソウ》――葉ヲトリ、飯ニ交ルト、蠅死スル。

当時の蠅の数は相当なもので、茶碗に盛った飯の上に真黒になる程たかった。水引草はタデ科の多年草である。山野の陰湿地に自生する。夏から秋にかけて葉のもとから細長い穂がのび、赤い小花がまばらにつく。この花穂を「水引き」にたとえたもの。少しくらい食しても害はない。しかし殺虫効果はない。

彼の句には、この書き込みとは裏腹に、虫類を哀れむものが多いが（「やれ打《ウッ》な蝿が手をする足をする」他）、その中には他の事柄や人を虫になぞらえてうたっているものも多い。

仙人草《センニンソウ》――俗名八牛殺シ。

猛毒の意であろう。キンポウゲ科センニンソウ属の多年性つる草。元来は中国産で、威霊仙《イレイセン》という。山野、路傍等に自生。別名はタカタデ、ウマクワズ、ウマノハコボシ他。有毒植物だが、古くから薬用として用いられ、文化十五年の紀州藩の武部子芸の『発泡打膿考』に仙人草でリウマチを治した話が記されている。通例の使用法は仙人草をもみやわらげて手首に貼る。原理は簡単で、本草は刺激が強いので、貼れば発泡し、感染した局所の瘀血や毒素を健康な組織へ誘導して、そこから体外に排泄する作用である。こうして扁桃炎、リウマチ、痛風、筋肉痛、浮腫、化膿性炎症等の対症療法に用いる。

山帰来《サンキライ》

ユリ科の蔓性灌木。別名土茯苓《ドブクリヤウ》。カゴバラ、フクダンバラは俗名。サルトリイバラの根茎。現在でも悪瘡、瘰癧《ルイレキ》、梅毒の治療薬として用いる。

硫黄――硫黄ヲ煎ジツメテ石トナシテ目ノチリヲトル。

皮膚病に外用として卓効があり、緩下作用もある。

荊芥《ケイガイ》――コレ入タル風邪薬ヲ呑ンデ鰒ヲ喰ヘバ即死ス。

シソ科の一年生。別名アリタソウ。中国北部原産。この花穂、茎および葉をほしたものが発汗、解熱、解毒に効めがある。一茶はこの薬草が瘡毒にも有効と考えていた。彼は江戸にいた頃街娼をしばしば相手にしていたので、瘡毒に悩んでいたふしがある。それで荊芥を服用し続けたに違いない。ただし前述の但し書き(これを服用後鰒を食えば即死)はまったくあてにならない。

大根《ダイコン》

大根の成分は現在生薬とされていないが、古くからそのしぼり汁が薬用として服用されている。私も少年時代に胃痛がおきると、母からこの汁を飲まされていた。一茶はこれを中風の治療薬の補助として服用しつづけた。ただし『いろは雑別録』には「火事ノ時生大根ヲ口ニ咥ヘテ走レバ烟ニ咽バズ」とか「烟ニムセテ死《シニ》タル人ニ大根ノシボリ汁口ニ入レバ蘇生ス」と書かれていることは、どうだろうか。まあ煙にむせて一過性の呼吸麻痺を起こした人の口の中にしぼり汁を入れてやれば、有効かもしれない。

蓮根クズ――シャクリ薬

連根は蓮の地下茎であり、花後に肥大した末端部を私たちは食用にしている。別名はすのね、藕、はいね他。現在でも蓮の種子を健胃、整腸の目的で用いている。しゃっくりを止めることもできるであろう。蓮の種子は、漢方で蓮肉《レンニク》という。

蜂ニササレタル時――門辺ノ小石ノ土中ヨリ半分出タルヲトリ、石ノ下ノ方ヲ疵ニ乗セテ置《オク》ベシ。イタミ去。

犬噛タル薬――キズロニ冷水ヲソソギ、其ママ糞汁ニ浸スベシ。其後蟾（ひきがえる）ノ股喰フベシ。

この犬に咬まれた時の療法は、『日本輿地新増行程記大全書込』とは異なっている。なお蟾の皮腺の分泌物（蟾酥《センソ》）には薬理作用があり、強心剤として用いる他外用において局所麻酔の効果がある。いずれにしろ、当時は今よりはるかに多数の病犬からうつされていたので、旅にはこの処方は重要であったろう。

蝮薬《マムシグスリ》――串柿スリツブシ胡麻油ニテ付クベシ。

鼠噛《ネズミカマ》ヌ咒《マジナイ》――糸瓜《ヘチマ》ヲ寝ル四方ニ置クベシ。

どうして糸瓜が適当なのか。それはともかく、むかしは糸瓜の果実の若い実を食用に供し、茎から採った水は咳止めの薬に用いた。

トゲ抜キ薬――蟷螂《トウロウ》ヲ活ナガラニ糸ニツラヌキ、陰干ニシテ粉ニシテ飯ノリニシテ付ベシ。

「蟷螂」とはかまきりのことである。

蝮薬にしろ、とげ抜き薬にしろ、今の知識から推し量るとおかしいが、完全に迷信とは言えないかもしれない。

二　『日本《ニホン》興地《ヨチ》新増行程記《シンゾウコウテイキ》大全《タイゼン》書込《カキコミ》』

本文では日本興地で二行になり、その下題が一行で書き込まれている。

何とも大げさな題である。これは安永二年(一七七三年)正月出版の折り畳み式日本全図の上部欄外と裏に書き込んだ雑録であり、畳んだ大きさは縦一六・七センチ、横六・六センチである。「江戸本所五ツ目アタゴ住持一茶」云々の奥書がある。一茶が自称「愛宕住持」(一茶は本所大島の愛宕神社の道具小屋を享和三年(一八〇三年)から文化元年(一八〇四年)まで間借りしていた。現在の大島稲荷神社)であったこの時期に大部分が書かれ、一部分は、上欄余白に、文化十五年三月より、と記入されていることから、その頃までのものであろう。一茶が愛宕神社に住めたのは(当時は勝智院と呼ばれていたが)、その時の住職栄順法師(俳諧に興味を持ち、野逸の門人で、白布の別名をもつ)の好意によるものであったが、彼は文化元年に他界した。代わって新住職となった龐堂と一茶は折り合いが悪くて、同年十月にここをひき払った。現在勝智院は千葉県佐倉にある。

ところで『新増行程記大全書込』の欄外書き込みには民間療法の覚書が多い。その内容は『いろは別雑録』と同一のものや、同じ薬物でも『いろは別雑録』とは使用目的の異なるものがある。以下薬物の使用法について列記する。

病犬ニカマレタル時――キズロニ葱ツケル、妙薬也。又ハコレオ煎ジテ呑スト也。用ウル陰陽
　　　湯ハ水湯等分ニシテ呑。

この解説は『いろは別雑録』と異なる。即ち『いろは別雑録』では、きず口に糞汁をつけ、その後蟾の股喰うべし、と書かれている。

それはともかくとして、葱特にその白茎（葱白）は現在でも発汗、利尿剤として用いられている。

ところで、『いろは別雑録』の薬法と『新増行程記大全書込』のそれでは、どちらが先かはわからないが、後に配布した『治方刷物』に記されている同様の症例における薬方は、『いろは別雑録』と類似しているので、おそらく『大全書込』の若干は、その前であろう。

なおこれらの療法を記した後に「二法ハ約堂ノ相伝也」と付け足している。また「犬毒妙薬」として次の処方も記載している。

大茴香《ダイウイキョウ》　カウ木香《モッコウ》　黒蕣《クロゲン》（牽）牛子《ゴシ》――右三味細末セウガユニテ用。疵ニハ葱ノ白根（前記）
　　　ヲスリツブシ付ベシ。右約堂家伝。

大茴香はモクレン科の常緑低木。この果実の乾したものを使用する。毒性はない。健胃、

整腸のため、更にガスによる疝痛をとめるのに用いる。木香はインド原産のキク科植物の根だが、この時は輸入品を使っていない。そこで「カウ」（代用の意）の国産の木香類似品を用いた。消化を助け、下痢を止める。黒蕣牛子は黒色の朝顔の種子である。利尿、瀉下、鎮痛効果がある。以上の三剤とも一茶の用法とは異なるが、現在も用いられている。

小児ゼニゴ石ナド呑ミタル時――南天ノ根ヲ黒ヤキニシテ用ユ。天民ノ法也。

南天は、のぎ科の常緑低木。生花の材料に用いられるが、薬剤にはならない。

権方散《ゴンポウサン》――鉄ノ折込タルニクスリ也。蟷螂《トウロウ》ヲ干シテ細末ニシテツクル也。

「蟷螂」は周知のように「かまきり」のことである。薬用にはならない。

マメ薬――半夏《ハンゲ》ツケル也。

半夏とはカラスビシャクの塊茎のことである。カラスビシャクはドクダミ科の多年草。水辺に生ずる。現在でも半夏を加えた漢方薬は、筆者の知っているだけでも十種を超える。その半夏の効用を大別すると、鎮吐、去痰《キョタン》、利尿、上衝《ジョウショウ》（のぼせること、逆上）であるが、特に半夏に茯苓（いろは別雑録に薬効を記載）、厚朴《コウボク》（日本では、ホホの木の樹皮で代用）、蘇葉《ソヨウ》（ツソの葉）、生姜《ショウキョウ》（ショウガの生の根）を加えたもの、半夏厚朴湯《ハンゲコウボクトウ》は胃腸障害、咽喉に何かつまっている感じ等を訴える神経症の治療に用いている。

隔膧方《カクエツホウ》

「膧」は「噎」の誤りか。「膈」は横隔膜のこと。「噎」はムセブ、ムセルの意。したがってこれはしゃっくりを止める方である。

一檎櫚《イチゴロ》　一味――極真ニヤハラカナル条アリ、コレオトル。カタキスジ能無之。
右ワ伝　香色ニ炒テ細末ニシ、一度ニニ匕《サジ》位ヅヽ日ニ三度甘酒デ可用、立所ニ速功アリ。タトヘ六十以上ノ人ニテモ可愈。モシ甘酒粕咽エ不越人ニハ絹ニテコシ用ユ。

「一檎櫚」とは、「林檎《リンゴ》の芯」のことである。現在薬用としての記載はない。

焼《ヤク》ドノ薬――ヒルモヲ砂糖ニツケテ付也。

「蛭藻《ヒルモ》」は「蛭蓆《ヒルムシロ》」の別称である。水生多年草。山地の流れや池沼に自生する。根茎は地中を長く横走。夏になると短い花軸を水上に出し、黄緑色の細花を穂状に密に着ける。サジナともいう。一茶の解説ではヒルモのどこをとって砂糖につけるのか触れていない。また専門書には薬用としての記載はない。

木賊《トクサ》――木賊ノウラ皮去ル。塩湯ニ一日ツケル。

これも焼どの薬として用いるのか。木賊は常緑シダ植物。茎は堅い。秋に刈り、物を砥ぎ磨くのに用いる。この用途から砥草ともいう。専門書には薬用としての記載はない。

小便通薬《ショウベンノツウジグスリ》――茄子花《ナスノハナ》ヲ陰乾《カゲボシ》ニシテ煎ジテ用、妙也。

インド原産で、茄子は周知のようになすびの別称を持つ。茄子薬《ナスビグスリ》は八方散が正式名称である。江戸時代に夏季に売り歩いた薬で、癜《ナマズ》、腋臭《ワキガ》、白癬《ハクセン》、黒子《ホクロ》などに効くといわれた。これに加えて、小便の通じにも効くのか。

切疵血留薬《キリキズチドメグスリ》――土竜《モグラ》の黒焼唇ニ付ル。留ル事妙。

現在でももぐらの黒焼即ち鼴鼠《エンソ》を強壮興奮剤および肉芽形成促進剤として内服している。したがって間接的には疵の血留の効果がある。広辞苑（岩波書店）では、鼴を偃と記載しているが、漢方の成書では前者を用いる。

鼻血留薬《ハナヂトメグスリ》――灯心一掴煎ジテ呑ベシ。

灯心は通例藺《イ》を用いる。藺は湿地に自生するが、水田に栽培する。中に白色の髄があり、これを灯心とする。別名灯心草《トウシンソウ》。薬草としては用いない。

これら小便通薬、切疵血留薬、鼻血留薬の三剤は、一茶の門人で長野市穂保（長沼六地蔵町）の経善寺の住職呂芳から聞いたものである。彼は一茶を長沼に招いた一人であり、文化初年に一茶の門人となった。一茶は彼とはかなり親しくしており、しばしば彼の寺に泊まっていた。したがってこれらの薬方については、文化年間に入ってからのものであろう。

茸ノ毒消シ――黒豆を煎ジテ呑、妙也。

大豆の中で種子の黒い品種。正月の料理に用いるので有名。別名烏豆。ツツジ科コケモモ属。多汁で甘酸味があり、現在はジャムの材料にしている。しかし薬用としての記載はない。

ビロ丸――万年青《オモト》ノ根一味下シ薬

万年青は西日本山地の陰地に自生する。夏、葉間から花茎を出し、細花をつけ、のち赤色の液果を結ぶ。薬物としての記載はない。

口瘅薬《コウヒヤク》――蜜柑《ミカン》ノ実黒焼ニシテ呑。

ミカンの実の薬効についての記載はないが、その果皮の薬用については案内書にかなり書かれている。例えばミカンまたはナツミカンの果皮(枳殻《キコク》)は健胃、鎮痛効果がある。また熟したミカンの皮(陳皮《チンピ》)は、健胃、鎮咳の他に鎮嘔の効果がある。さらにミカンの未熟果の皮(青皮《ショウヒ》)は、健胃、鎮咳に加えて腫物にも用いられる。これら枳殻、陳皮、青皮のいずれかあるいは二種を加えた漢方薬は二十を超える。ミカンの効用について、『享和句帖』享和三年九月九日にも「タン病薬」として、書かれている。

ライ病――足ノ拇ノ血出シテ水ニ落ス。血散ルトキハイユ、沈ム時ハ不治ト云。

癩ノ薬方――天ジヤウキ湯ニ反鼻ヲ加、妙也。

足の拇の血云々は勿論迷信であるが、反鼻（マムシの内臓を去ったもの）を加えた処方は、現在でも興奮、強壮、排膿の治療に用いている。癩病に効くというのは、排膿の効果。

血留薬《チドメグスリ》――串柿核《クシガキノカク》ノ黒焼妙也。桂法。

渋柿の皮をむき、串にさして干したものの種を焼いた。これ自身を薬として用いないが、柿のへた（柿蔕《シテイ》）は現在でも吃逆《キツギャク》（しゃっくりのこと）、嘔吐の薬として用いている。

下リ腹薬――海人草《カイニンソウ》ニ五倍子加へ、煎ジ用ル也。

海人草（マクリの全草。海産の紅藻）は別名鷓鴣菜《シナコサイ》と呼び、蛔虫を駆除する効があるので現在でも用いている。従って一茶の適用は当を得ている。また五倍子（付子、附子）は、烏《トリ》兜《カブト》ともいう（キンポウゲ科の多年草）。この塊根をほしたものは、猛毒であるが、生薬として用いられており、興奮、鎮痛作用、麻痺を抑え、新陳代謝を亢め、四肢の冷感を治する。付子はまたヌルデの若芽・若葉などに生じた瘤状の虫癭《チュウエイ》（昆虫が産卵、寄生したため異常発育した部分）をいう場合もあるが、ここでは前者のことである。

巴豆毒去薬《ハズノドクケシグスリ》――黒豆煎ジテ呑

トウダイグサ科の常緑小高木の朔果《サクカ》である。卵形でこの種子の生薬名が巴豆である。峻下剤、催吐剤として用いる。しかし有毒である。黒豆の解毒効果については、茸の毒消しの項に記載しておいた。

三　『治方刷物《チホウスリモノ》』（文化十三年三月）

一茶は文化十三年に自分の知っている薬法の一部をまとめて、一枚の刷り物にして配布した（『一茶真蹟集』二〇六所収）。以下はその全文である。ふりがなはすべてカタカナで記入した。

昔おろかなる老婆ありて、「油桶《アブラオケ》そはか(1)」と咀へて万《ヨロヅ》の病苦を救ひけるとなん。かかるざれ言(2)ながら、現《アラハ》にそのしるしを顯す所は、かしこきけんざ(3)の御修法《ミスホウ》にもおとるべきやは。おのれしるす奇法《キホウ》も彼に等しく、ケ様なるによりてかように利《キ》くといふ譯《ワケ》もへんてつもあらざれど、其《ソノ》功明らかなるはとし〱月〱に見てしる所なり。人〲さみし給ふなよ(4)。都《スベ》て世中《ヨノナカ》は理屈屋が箱分別《ハコフンベツ》(5)ばかりにては、その(6)妙に到る事豈《アニ》たやすからめや。

文化十三年三月廿一日　　信州柏原　俳諧寺一茶(7)

中気治方《チホウ》

中気起りたらんに、薬呑《ノマ》さぬ前に大根おろし(8)の絞り汁を當人の汁椀に一ツ呑《ノマ》すべし。奇妙に平愈(9)したる人度々見てしる所なり。但し薬用ひて後に呑《ノマ》するならば、臍(10)をかむとも其《ソノ》益なからん。

癪《シャク》(11)治方

おのれ同邑《ドウイフ》(12)忠五郎といふ者。癪に十四五年苦しみけるが、いづこにてさづかりけん、漆《ウルシ》(13)の木をきざみて煎《センジ》て呑《ノミ》ければ、長降《ナガブリ》の雨雲拭ひとりたる青天のごとく、病さらりとぬけて不再発《サイハッセズ》。その後諸人に用《モチイ》るに、皆〱其《ソノ》功を得たり。但シおこらぬ前から癪の用心に呑《ノミ》ては、さらに利《キ》かぬとしるべし。

病犬ニ噛《カマ》レタル治方

疵口《キズグチ》(14)に屎《クソ》をぬりつけ、屎あたゝまらば拭ひとりて附替《ツケカエ》つつ、愈《イエ》(9)る迄かくすべし。毒気屎に付《ツキ》て抜《ヌケ》るなり。愈《イエ》て世俗に言通《イフトオ》り三年が間《アヒダ》小豆(15)等の食物を忌《イム》べし。

鼠ニ噛レタル治方

蕎麦粉《ソバコ》を煉《ネリ》て、疵口の通りに厚サ二三分程、○提のやうなる形をこしらえ、その中へ鉄炮《テツポウ》の玉薬に製したる塩焇《エンセウ》(16)を詰《ツメ》て火を放《ハナ》つべし。三度ほどすれば、毒気ことごとくぬけて、痛去《イタミサリ》て愈(9)なり。病犬(17)、狼、馬、猫に噛れたるも、此方にてためすにその妙を得たり。玉薬扣此《ツメベシ》。

寛政八年十月九日、大坂(18)自楽《ジラク》の下女、葱きざむとて、人さし指の爪をかけて切放《キリハナ》しけるを、自楽走りよりて、指の欠《カケ》を拾ひとりて、切口に塩を付《ツケ》てその上を紙にて包み、麻糸にてきり〳〵巻《マイ》て(19)置《オキ》けるに、翌日指もとのごとくに愈(9)りぬ。

又

カナ釘《クギ》(20)ナドフミ立《タテ》タルニ、釘ヲヌキテ後、紙燭《シソク》ニ油ヌリテ火ヲトモシ、キズ口ニ煮油(21)一雫《シズク》タラシコムベシ。見ルウチニイタミ去《サリ》テ治ス。

又

石血《イシカド》ナドニテスリコハシタルニハ、血ノ出ル形《ナ》リニ吉田火口《ホグチ》(22)綿ヲツケテ火ヲ放ツベシ。直《タダ》チニイタミ去テ治ス。

下血留法《ゲケツドメ》(23)

紫蘭(24)ノ根ヲ大根ヲロ(お)シニテ、ソノシボリ汁呑《ノマ》スベシ。

【註】

（1）真言の呪文「唵阿毘羅吽欠蘇波呵《オンアビラウンケンソワカ》」を訛ったもの。

（2）ざれ言と言っているが、意識してふざけているのではなく、病苦を救う大事な呪文として覚えている。

（3）修験者の修法。「やは」は反語。

（4）軽蔑し給うなよ。

(5) 融通のきかない者。

(6) 極致。

(7) 一茶は帰郷後に「俳諧寺」を「一茶」の頭に被せていた。

(8) この治方は既に『いろは別雑録』に詳細に記載してある。また文政三年十月即ち『治方刷物』を著して数年後に一茶自身が中風を起したときにこの治方を実行している。これについては、下総の門人斗囿宛書簡（文政三年十二月）に「……小人も十月十六日に、淡雪の浅野（長野県上水内群豊野町浅野のこと）の途中にて辷《スベ》り転ぶと等しく、中風起り、五里の道も駕にて庵に乗り込、とみに大根おろしのしぼり汁にて、半身不遂《(随)》は癒《イエ》候へども、いまだもとのごとくの足に成かね候。……」と記している。

(9) 「愈」は「癒」と同じ意味。

(10) 俗諺「後悔ほぞを噛む」による。勿論「薬用いて……其益なからん」は迷信。

(11) 胃痙攣等の胸部・腹部の激痛を指す。その原因は多岐にわたる。

(12) 「同じ村」の意。

(13) 漆の実からとった蝋を白蝋とよび、現在は軟膏の基剤として用いている。しかし癪の治方に漆を煎じて呑むのはどうか。さらに「おこらぬ前から癪の用心に呑てはさらに利かぬ云々」もおかしい。

(14) この犬に咬まれた時の療法は、『いろは別雑録』と部分的には同じである。当時の処置法としては、やむをえないものである。他の処置法として、『日本輿地新増行程記大全書込』では、キズ口に葱をすりつけるか、煎じて飲ますと記入されている。

(15) 「三年が間小豆《アズキ》等の食物を忌べし」これについて、川島つゆの意見として、関東方面では、犬に噛まれた時には、噛まれた人にも、噛みついた犬にも小豆めしを食べさせるということが言われている。いつの間にか、どちらかが間違って、あべこべに伝えられたものと思われる、と述べている（暉峻康隆・川島つゆ校注『蕪村集一茶集』五十七ページ注一四）。

(16) 塩硝のあやまり。別名消石といい、硝酸カリウムがその主成分である。現在でも消炎、利尿剤として用いられているので、ここに書かれているやり方は荒っぽいが、まず当を得ている。

(17) 当時は病犬、狼、馬、猫、鼠等々による咬傷による事故が多かった。

(18) 俳人増田、久遠堂。

(19) これも当時としては妥当であろう。

(20) この後の文章は、漢字を除きすべてカタカナで書かれている。

(21) 煮油として用いたのは、蜜蝋《ミツロウ》か松脂《ショウシ》であろう。蜜蝋は周知のように、ミツバチの巣の蝋で、鎮痛の効があり、さらに軟膏の基剤にする。また松脂（松の樹脂）は、主として膏薬の形で消炎剤として使われる。したがっていずれを用いたとしても当を得ている。

(22) 火口《ホグチ》とは、燧《ヒウチ》を打ちつけて、それに火を移しとるもののこと。特に三河国吉田（現在の豊橋）でつくった火口の綿がいいという。どうしてそれがよいのか不明。

(23) 下血（血便）とは血液の付着を認める糞便のことだが、大腸下部に病変があると考えられる。細菌、アメーバ、癌等によるものもあるが、もっとも多くみられるものとして、痔疾患のように直腸、肛門の出血性病変によるものがある。

(24) 紫蘭はラン科の多年草で、西日本の草原に自生するが、現在は各地で観賞用に栽培されている。地下の塊茎は円くて白色、数個連なる。これが生薬の白芨《ビャクキュウ》で、外傷その他の治療に用いる。したがって下血えの適用は当を得ている。

このように『治方刷物』は、「服用するべきではない」とか、「食べてはいけない」とする注意書きは正しくないが、効用についての記載は、現在でも大むね通用する。

一茶の生涯は旅の生涯とも言えるものであった。それをつつがなく続けることができたのは、前述のように豊富な薬に関する知識とその実践にあった。そして五十八歳以後遠路の旅が中風の再発のためにできなくなってからも旺盛な性生活を送り、六十五歳で三度目の妻を妊娠させ得たのも、薬がその一助となっていた。

第二部　一茶と女性たち

一茶を郷里の生んだ偉大な芸術家と考えている人たちの中には、一茶の女性関係をあれこれ取りざたされることを望まない人が多い。しかし一茶の四人の子供が次々と亡くなり、そのうえ彼らの母親の菊も三十七歳の若さで没したこと、二番目の妻雪は結婚後三カ月で離婚してしまったこと、加えて一茶は、最後の妻やをと結婚後一年で病没したが、やをはその時妊娠しており、翌年四月に娘やたを出産(すなわち一茶没後五カ月)、この娘によって一茶の血筋は保たれたこと等、妻たちの種々の問題だけでも充分検討に値するものがある。加えて一茶が愛したといわれる花嬌のこと、さらに一茶の関係した多くの娼婦たちのこと、それゆえに彼女らにかかわる多数の句をあわせて紹介したい。この中には、長野の研究者からも高く評価されている句、

木がらしや廿四文の遊女小屋

がある。また娼婦以外の女たちをうたった秀句もかなりある。

ここではまず娼婦をうたった作品に触れる。

第二部　一茶と女性たち

第一章　娼婦と一茶

一茶の娼婦をうたった作品の多くは、彼女らに愛情をそそいだすぐれた句が多い。私のしらべた所では、彼女らをうたった句は、連句を入れると七十を超える。勿論彼のつくった二万近い句の中では一％以下だが、それでも娼婦だけをうたっているものが、七十以上あるということは、他の俳人にはないことである。また、遊女が罰せられた記事（「文化二年七月九日、晴、花ノ井といへる遊女火罪」）も、わざわざ書き入れている。いまここにすべてを紹介することはできないが、その中で特に心をうつもの、彼女らによせる愛をうたったもの、面白いものを拾ってみた。

一　心をうつもの

さらぬだに月に立待《タチマツ》惣嫁《ソウカ》哉《カナ》（『寛政句帖』寛政五年歳旦）

この『寛政句帖』という表題は、一茶の付したものではなくて、『一茶叢書』（一九二六年）収載の際に付した仮名で、この作品集は、一茶の西国行脚時代のものである。「さらぬだに」は、「そうでなくてさえ」の意味であるが、それにこだわらなくてもよいと思う。おそらくは「夜もふけて、人はもうまったく通らなくなったのに」といった意味と解釈するとよいのではないか。そしてそのように遅くなっても、まだ客をとるために月に向かって立っている「惣嫁」（上方では、路傍で客をひく売春婦を指す）という表現は哀れでしかも美しい。句の中に「惣嫁」を入れている一茶の作品はこれだけであるが、月を入れて娼婦をうたったものは、文化七年十二月にもひとつあり、やはり秀句である。後で詳しく記す。

恋死《コイシナ》ば我《ワガ》塚《ツカ》になけ時鳥《ホトトギス》（『享和句帖』享和三年八月）

これは一茶の作ではない。『猿蓑集』（芭蕉著、去来・凮兆編、六巻、元禄四年刊）に載っていた遊女奥州のつくったもので、一茶が感銘をうけて、これを再録した。「恋しい人にこがれ死んだら、時鳥よ私の墓で鳴いてくれ」という意か。なお文化二年七月九日には花ノ井といえる遊女が火罪になったという記事を入れている（『文化句帖』文化二年七月）。

この『享和句帖』という表題も、一茶の付したものではなくて、『一茶叢書』一九二六年収載の際につけた仮名である。

わか水のよしなき人に汲れけり（『文化句帖』文化五年一月）

文化句帖も一茶の付けたものではなく、一九二四年に『一茶旅日記』という題名のもとで初めて刊行され、『一茶叢書』の六編として再刊された時にこの題名に変った（一九二六年～一九二八年）。

元日の朝に初めて汲む水を「わか水」というが、ここでいう「よしなき人」（縁なき人、あるいは縁のうすい人）とは、遊女の柏木のことで、彼女が生きていたときに、三崎野中（三浦半島）の井戸で汲んだ水である。何故柏木が死んだのか、私は知らないが、そこにはきっと悲しい物語があったのであろう。

きぬぐ〱やかすむ迄見る妹《イモ》が家　（『寛政句帖』寛政六年歳日）

「別恋」と前書している。

共寝して別れる朝、かすんで見えなくなるまで、女の家を見かえりく〱しながら、旅人は遠ざかってゆく。

金子兜太は、この句に素晴らしい解説をつけている。

私はこの句に、旅ゆく者とそこに住む女《ヒト》との共寝の朝を想像している。定住者どうしの恋の朝とは違う、漂泊の情が感じられてならないのである。さらに付け加えるならば、背景に内海の海光を感じる。新緑の山ぎわの道は、そのまま海沿いの道でもある。——あゝ尾道での句だな、とおもってしまう〔筆者註——この時一茶は四国を旅していた〕。

（『小林一茶——〈漂鳥〉の俳人』五四ページ、講談社、昭和五十五年）

類句にも素晴らしい作品がある。「軽井沢春色」の前書のある

笠でするさらばくや薄がすみ（『七番日記』文化十四年二月）

『七番日記』すなわち「七番」と「日記」（句帖）は一茶自身が記した唯一の書である。軽井沢は一茶が長野に行く時に往来した中仙道の一宿駅である。勿論飯盛《メシモリ》をおいている宿屋が多数あった。木の芽時の峠路に見えかくれしつつすげ笠を振っている旅人と見送っている一夜妻に薄がすみがかかっている。この旅人とは一茶のことか。

この句をつくった二年後に有名な「木がらしや廿四文の遊女小屋」（『風間本八番日記』文政二年十月）がある。『八番日記』は一茶自筆の原本が発見されていないので、恐らく後の人によって名付けられたものであろう。現在ふたつの写本が伝えられており、そのひとつは長野県更埴市に住んでいた風間新蔵の筆写による『風間本』（文政二年（一八一九年）～文政四年（一八二一年））であり、他は山岸梅塵の筆写による『梅塵本』である。彼は安政二年（一八五五年）二月に没したので、筆写の時期はその前であることは確かだが、それ以外は不明である。

この句には「護持院原《ゴジインガハラ》」の前書がある。この場所は今の東京の神田橋と一ツ橋との間の堀の外にあった火除地《ヒヨケチ》で、もともとは護持院（徳川綱吉が建立。現在護国寺に合併）があったが、享保二年に炎上し、その後に火除地になった。北小路健によれば、ここには林泉の形が残っていて、なかなかの佳景だったらしい（『一茶の日記』一九一～一九二ページ、立風書房、昭和六十二年）。夏、秋の候は一般市民に公開され、冬、春の間は将軍家の遊猟の場となることもあった。一番火除地から四番火除地に区分され、それらを一番原、二番原、三番原、四番原と称した。いつの頃からか、ここに売春婦のむしろ垂れの小屋が点在するようになった。廿四文とは最も低い料金で春を売る意またはその低料金で春を売る女の異名である。

この句は、かつて将軍家の寺院があった、いまは火よけ地になっている野原に、びゅう〳〵と木がらしが吹き、その中に売春婦の掘っ立て小屋が点在している。そこで最低の料金で哀れな女たちが身体を提供している、の意だが、矢羽勝幸によれば、この句を単なる感傷に流さず、優れた一個の文学にしたのは、具体的な「廿四文」という数字（金銭）であろう、と。そして苛酷な現実を無機的な数字で詠みとった秀句であると評している（『信濃の一茶』一九三ページ、中央公論社、一九九四年）。

一茶はこの前にも娼婦と二百文をつなげた連句を残している。「恋衣《コヒゴロモ》〔朝〕なくに湯をかけて」（知洞《チドウ》）、おそらく知洞は湯女との恋を前句でうたったのであろう。それに対して一茶は「夢は二百に手をたたくなり」と付句を残している。ここで相手を飯盛女にかえている（『志多良』文化十年五月）。

知洞は一茶の弟子で、長野県上高井群小布施町の人、梅松寺の僧。一茶は近くに来たときにこの寺を定宿にしていた。志多良は、文化十年（一八一三年）の一年間の手記であり、書名は、みずから題したものである。

なお護持院原の夜鷹をうたったすぐれた川柳もある。

五十文二番原とはいい出所《デドコ》

（『誹風柳多留』五八／北小路健、前掲書、一九二ページ）

また『株番』の連句で一茶の前句につけた鶴老の付句に「廿四文」が載っている。

木曽山を剥《ハガシ》てのける工夫《クフウ》して（一茶）
廿四文がほとゝぎす聞《キク》（鶴老《カクロウ》）（『株番』文化十一年八月）

鶴老は、茨城県北相馬郡守谷町の人。長野県飯田市の出身で、文化四年頃までいたらしい。文化六年に守谷西林寺を矢代の義海より引き継いだ。一茶は文化七年六月に訪問。意気投合したらしく、同年十二月に再び訪問し、二十日も滞在している。『株番』は、文化九年、一八一二年の一年間の句文を記したものであるが、文化十一年の記事も一部には含まれている。書名はみずから題したものであろう。

霜がれや鍋の炭《(墨)》かく小傾城（『風間八番日記』文政四年十一月）

「追分」の前書がついている。浅間山麓の宿場で、このあたりは火山灰地で軽石が手近に一杯ある。やがては飯盛女になる年季づとめの運命を背負わされている娘が、いまはまだ少女だから、小間使をさせられている。旧暦十一月の寒さの中で、赤い細ひもひとつの着物をまとっているだけで、草木などが霜にあてて枯れしぼんでいる中の流れのはたで、軽石で裏底の鍋墨をごし〳〵落している。少女の手は赤く腫れあがっているであろう。一茶はあたたかく、少女を見ている。

玉霰夜たかは月に帰るめり

（『七番日記』文化七年十二月　※本書扉絵《小林辰平 作》参照）

「玉霰」とは霰の美称である。「夜たか」は道ばたで客をひく売春婦のこと。この句の意味は「美しい玉のような霰の降る中を夜たかは月に（あるいは月の照っている方向に）帰ってゆく」ここでも春を売る境界にいる女性を美しくうたい上げている。「玉霰」という表現といい、「月に帰る」という思い付きといい実に素晴らしい。既にあげた寛政年間の「惣嫁」の句でも「月に向かって」という表現があるが、「玉霰」の句はそれを越える。一茶の最高傑作であろう。「客をとれなかった夜鷹がさみしげに家へ帰っていく。一茶のやさしい視線には、手拭いをかぶっていく彼女たちの姿が、かぐや姫の如くにも見えたのであろうか。それとも鷹からの連想で、暗い空高く飛んでいくようにも見えたのか。生活のために二束三文で身体を売る女たちの運命《サダメ》にそそぐ一茶の涙は純なものである」（半藤一利『一茶――俳句と遊ぶ』五九ページ、ＰＨＰ研究所、一九九九年）。

夜たかの玉代は、二十四文が相場であったらしい。夜たかそばが一杯十六文であるから、安い玉代である。

朝妻も一夜は寝かせ網代小屋《アジロゴヤ》（『七番日記』文化十三年十一月）

「朝妻」とは江州《ゴウシュウ》（近江《オウミ》の別称）坂田郡朝妻の湊に出入し、湖上で往復しながら春を売った女たちのこと。「網代小屋」とは、網代守《アジロモリ》（冬に、川（ここでは湖か？）の瀬に竹や木を編んだものを網を引く形に立て、その端に簀をあてて魚を捕るのに用いるものを網代といい、それを夜かがり火をたいて守っている者）の夜いる所。この句は多数客をとって疲れている女をせめて今夜くらい網代小屋でもいいから寝かせてやりたい（あるいは寝かせてやりな）という意である。

夕顔にほのぐ見ゆる夜たか哉　（『文政句帖』文政五年四月）

文政句帖は、文政五年より同八年、すなわち一八二二年より一八二五年に至る、自筆稿本としては最晩年の句帖である。本書も無題簽《ムダイセン》であったが、本書の存在と内容を明治時代に紹介した東松露香は本書を『九番日記』と呼称した。その後昭和三年、一九二八年に『一茶叢書』第八編として刊行されたとき、『文政句帖』と改名された。

この句は前にあげた「玉霰夜たかは……」と同様売春婦を美しくうたい上げた佳作である。「夕顔の向うにほのぐと夜たかが見える」という意だが、金子兜太は、「この句には北斎初期の『夜鷹』の紙本淡彩に似かよった情景を感ずる」と言う。そして、「色気より、女のいる風景全体の情感の魅力と言うか、哀憐と言うか」と記している（『小林一茶――句による評伝』一一三〜一一四ページ、小沢書店、昭和六十二年）。

春雨や妹が袂に銭の音　（『風間八番日記』文政三年一月）

この句は、一茶が五十八歳の時の作である。

春雨がしと〳〵降っている中で、女が客をひいている。袂に入れている銭が鳴っているからもう何人か相手にしたのであろう。ここでも「銭が鳴っている」という、普通は句にはうたうことのない無機的な響きをもつものを入れることで、かえって女の哀れさをたかめている。文政二年の「木がらしや……」と同様である。

傾城《ケイセイ》や在所《ザイショ》のみだえ衣配《キヌクバリ》（『文政句帖』文政八年十一月）

この句の前書に、「仏たのまば親おがめ、親は此世のみだ如来」がある。「女郎になるために売られた娘が、生れた里に衣類を送る」の意である（「衣配」とは、年の暮に年始の料として親戚、友人互に衣類を送りあう習俗）。諸半の事情から娘が売られて傾城にされたのだろうが、その親や身内に衣類を送るのである。売った親をみだ如来と思えるのか。だが一茶は苦界に身を沈めている女に「親を恨むな、親は貴女を生み育ててくれたのだから」と言っている。しかし一茶がいちばんうたいたかったのは、傾城が故郷に衣類を送るという行為であろう。一茶はこの時六十三歳、後妻の「雪」に去られて一年後の一人暮らし。身体は不自由で、竹駕籠にのって門人宅を泊まり歩いている。一茶にとっては、苦界に身をおく女たちがいとおしい。

うつくしき夢見る家をむすぶ也（一茶）
遊女の情霰《ナサケアラレ》ふりけす（太笻）（『我春集』文化八年五月）

一茶はこの年の二月に柳橋の仮宅を焼け出されている（『文化三―八年句日記写』）。太笻の本名は青野慶治郎。千葉県香取郡東庄町小南に生まれたが、江戸に一家を構えた。一茶はこの小南の家と江戸の家に幾度も泊まっている。

一茶の前句にある夢見る家とは、遊女のいる所であり、これを受けて「遊女の情……」を付けたものである。貧しい一茶にとっては、三流の女郎の部屋であっても、そこで彼女を抱いて夢をむすべば素晴らしい所なのである。

『我春集』は、文化八年（一八一一年）の一年間の発句、連句、随想等を記したもの。ただし一部に文化三年の作品が入っている。書名は巻頭の歳旦吟「我春も上々吉ぞ梅の花」から後の人がつけた仮題である。

次に『株番』巻一に素晴らしい連句がある。

手でなでし壁も三とせの夢にして（双樹）

遊女が墓に膳《ゼン》居《ス》へ《(ゑ)》る也（一茶）（『株番』文化九年三月）

双樹の本名は秋元三左衛門威義。千葉県流山で味淋、酒、醤油、味噌の醸造元で、富裕な商人である。二十代より俳諧をたしなみ、馬橋の斗囿、布川の月船と共に、江戸に一茶がいた時の生活の援助者であった。一茶は双樹の家に百泊以上泊まっているといわれる。この双樹の前句の意味、女郎屋の部屋の壁を幾度もなでた。それも三とせも過ぎたか、その部屋の遊女もいまはいない。それに一茶の付句が何の抵抗もなくつづけられる。そこで、その遊女の墓に膳を据えてやろう。何の病気で死んだのか、哀れでならない。かつてこんな連句をつくった俳諧師が幾人いたろうか（少くとも有名な俳諧師で）。

次の句は文虎の前句に、一茶がよい付句を添えている。

傾城の親の噂もなみだにて（文虎）
畳の酒を帯でふき〳〵（一茶）（『ほまち畑』文政八年八月）

文虎は信州の掬斗《キクト》、希杖、春甫《シュンポ》、素鏡、魚淵《ナブチ》、文路等とならぶ忠実な門人であって、文化十一年から文政九年におよぶ一茶との連句集「ほまち畑」をまとめている。この句もそのひとつである。本名は西原佐左衛門。長野県上水内郡豊野町で油商をいとなんでいた。文化八年以来のつきあいで、一茶は頻繁に文虎宅に宿泊していた。

この句の前句にある「親の噂」を文虎がはたして傾城に話したか、あるいは彼女から聞いたのかどうかはわからないが、彼女は涙ながらに聞いたか話したのである。そして畳にこぼれた涙のまざっている酒を帯でふいても〳〵涙はとまらず、いつまでもふきつづけるのである。勿論それと共に苦界に売った親に対する恨みも涙の中に入っていたに違いない。一茶の付句の「帯でふき〳〵」は、そこまで感じさせるのである。私の思い込みかもしれないが……。

二　娼婦たちへの愛をうたった句

能《ヨ》い女郎衆《ジョロシュ》岡崎女郎衆夕涼み　（『寛政句帖』寛政四年、月日不明）

句としての出来ばえはどうなのか。私にはわからない。『寛政句帖』によれば、この年の春に一茶は岡崎を通ったらしい。と言うのは、この年の六月に遠江《トホトウミ》の金谷月哉を訪ねて連句を巻いているからである。江戸初期の流行歌に「岡崎女郎衆」があり、一茶は勿論知っていただろうから、この地を通って廓の中をひやかした記憶でつくったものか、本当に女郎衆が夕涼みをしていたのかどうか。一茶得意の思いつきかもしれない。そして「よい」を「好い」とか「佳い」にしないで色々のことのできる有能な「能い」にした所にこの句のとりえがあるのかもしれない。この「能い」について、金子兜太は、「よいを良いでなく、能いと書くにあたり、いささか陰微な興味のもちかたさえ感じられて、このなまくら坊主め、といいたくもなる」と記している（『小林一茶――〈漂鳥〉の俳人』四六ページ）。こうした評価もあるので書き加えた。

朝戸出《アサトデ》や炬燵と松とつくば山　（『享和句帖』享和三年十月）

一夜あけて遊女の所を朝去ること。十月であるから、炬燵があり、戸を開ければ松がみえ、つくば山がはるか。この時一茶は四十一歳。例の愛宕社の道具小屋に住んでいたが、しばしば下総《シモウサ》、上総《カズサ》方面に出かけている。この時期（九月末から十月なかば過ぎまで）は、信州に帰っておらず、下総（茨城の一部を含む）をまわっていた。したがってつくば山が見えるのは、茨城の田川に行った時か。句の最初の部分「朝戸出や炬燵と……」はよいが、その後にはひらめきを感じない。

菜の花や袖を苦にする小傾城　（『七番日記』文化七年二月）

小傾城をうたった句にはよいものが多い。これも佳作である。菜の花をつんで袖に入れて歩いているのか。それとも道路わきの菜の花が袖にこすれるので、それを苦にしているのか。おそらく前者であろう。どこぞから売られて来た少女が、仕事のために野道を歩いている。うすものしか着ていないであろう。菜の花は春の句に使うが、まだ二月である。さむざむとしているに違いない。菜の花のため袖を苦にするという表現がよいが、果して一茶はこの光景を二月に見たのかどうか。少女は主人からおそらく何か買い物をおうせつかって、とぼとぼとと歩いているのか、それとも皆の着物を洗うために、河原に向っているのか……。彼はこの月の十九日には馬橋に入り、二十五日に江戸にもどるが、その間下総にいたことは日記で明らかである。二十一日には雪がふっているので、その時にこの句をつくったとすれば一段と思いを感ずる。

煤はきや火のけも見えぬ見世女郎（『七番日記』文化七年十二月）

「見世女郎」とは、もとは上方の遊郭で格子の中から客をひく下級の女郎のことをいった。別名端《ハシ》女郎、局《ツボネ》女郎。ただし一茶がいた頃は江戸でもこの言い方をしていた。小傾城が歳を経て客をとるために格子の前にすわらされる。手にはまだ赤ぎれ、霜焼けが残っているかもしれない。年末になると昼間は、煤はらいにかり出される。十二月なのに火鉢もおかれていない。手をハアハアふきながら、はたきをにぎって天井の煤をはらい落している。佳作である。一茶は十二月二十一日に江戸を発っているので、この句はその前につくったものであろう。しかし本当に彼がこの光景を見ていたかどうかは不明だが、同じ時期に「ほかほかと煤がかすむぞ又打山《マツチヤマ》」、「煤とりて寝て見たりけり亦打山《マツチヤマ》」、「蜩《ヒグラシ》のけたゝましさよ煤はらい」とか、煤はらいにちなむ句をいくつも残している。また又打山（正確には待乳山。東京浅草の本竜院の境内のある小丘。その他の俗名として聖天山がある）の近くに新吉原があるので、それをのぞき歩いてつくったのかもしれない。

赤々と遊女が社《ヤシロ》としくれて　（一茶）
かけるうちからそよぐ輪餝《ワカザリ》　（久蔵《キュウゾウ》）　（『成美連句録』文化七年四月）

年の暮れ、遊女の廓に赤々と火がともり、かざったばかりの、輪餝がそよいでいる。輪餝は、藁を輪の形に編み、数本の藁をたらしたもので、正月のかざりものである。したがって年末にとりつける。一茶の前句「遊女が社としくれて」がよくできているのに、久蔵の付句がよくない。

久蔵は江戸の人。夏目成美の番頭で、俳諧を成美に学んだ。成美連句録は、文化六年八月から同十一年七月十二日に至る間に、成美、一茶、久蔵外の連衆によって催された歌仙、半歌仙の連句を収めたものである。

大かたは武蔵さがみの人ぐよ（鶴老）
身は傾城の今の夕暮（一茶）（『我春集』文化八年一月）

「武蔵さがみの人ぐ」とは、中世から近世にかけて関東武将の間に連句が盛んにつくられたので、それを指している。しかし一茶は、そのようにとらず、傾城の出身地としたのである、つまりこの地（守谷の近くか？）の傾城の多くは武蔵さがみの出である。相模女は情がこまやかで好色であるとの伝えがあるので、この事も念頭に入れたのかもしれない。しかし勿論心ならずも身を売ってすごしている場合が多い。また今日も夕暮になった。それが始まる。一茶の彼女らをみる眼はやさしい。

恋衣《コヒゴロモ》朝な夕なに湯をかけて（知洞《チドウ》）
夢は二百に手をたたくなり（一茶）（『志多良《シダラ》』二、文化十年）

この句文集は、文化十年（一八一三年）の正月に書き始め、その一年間の句文や、知友の文音句、古俳書の抜き書き、薬物等を書き留めたものである。書名は一茶みずから題した。この句の意味の一部分は既に説明した。知洞の前句の恋衣は湯女との恋であるのと、『一茶全集』第六巻の注二十六（一一六ページ）では記されている。しかし、一茶の句は二百文で春を売る女たちのことで、その多くは夜たかである。つまり湯女よりもはるかに下級の売春婦たちである。その女たちとのひとときの間に夢を見ているのである。「手をたたくなり」の表現で、前句よりもはるかに情のこもっている作品になっている。

人ごとに千代よるずよとちぎり捨（一茶）
花なでしこをかざる櫛ばこ（魚淵《ナブチ》）
（魚淵編『迹祭《アトマツリ》』文化十年十月／ただし『迹祭』の発刊年は文化十三年）

魚淵は長野市穂保の人。本名は佐藤信胤。農業のかたわら漢方医を業としているが、そのかたわらオランダ語を学んでいた開明の人である。

一茶の前句は、相手になった多くの客に、千代よろずまで情をつなごうとちぎり、限りなく恋文を書きつづける女郎のいじらしさ、哀れさを表現している。「ちぎり捨て」をその言葉のままに読みとらない方がよい。魚淵の付句もよい。「櫛ばこ」までの表現は、荷兮《カケイ》の「櫛ばこに飾《カザ》すゆる閨《ネヤ》のほのかなる」（冬の日）をふまえる。荷兮は江戸中期の俳人（一六四八〜一七一六）。芭蕉の門人であった。「冬の日」「春の日」他を撰。のち反芭蕉的な「ひるゆの種」などを編。ここに引用された荷兮の句の「櫛ばこに飾す」と「閨のほのかなる」が素晴らしいが、それを知らないと、魚淵の付句のよさはわからない。

傾城の何ぞの折《オリ》は身をなして（文虎）
恋人の画に上《アゲ》る燈明《トウミヤク》（一茶）（『ほまち畑』文化十三年七月）

どんな経緯で傾城になったのかは、文虎の前句から判らないが、ここに出てくる恋人は、彼女が傾城になるまえにいたのか、なってからかはわからない。しかし通例は少女の時に連れて来られるから、傾城になってからの存在であろう。とにかく画をかざる程深く気持を通じていた。しかし彼はもういなくなってしまった。燈明をその画にあげる傾城のやるせない気持。ここでも春をひさぐ女性に対する一茶の情がほとばしり出ている。

蜂《ハチ》あれてこちらにむけば盲《メクラ》姫《ヒメ》（一茶）
小《コ》沙《シャ》弥《ミ》が恋を諷ふ春風（文虎）（『ほまち畑』文政六年十月）

盲姫とは、ここでは瞽女《ゴゼ》のことである。彼女らはたんに音曲をかなでて米銭を乞い歩いたばかりではなく、求めに応じて身体も売っていた。眼がみえないから、うっかりして蜂の巣にさわってしまった。大変なことになった。助けてもらわねばならない。そこで人の声の聞こえる方にむいたのである。勿論一茶は手をとって助けてやったに違いない。文虎の付句はこのこととは直接関係がない。

順序が逆になるが、盲女をうたった句が、文政四年にもある。

五月《サツキ》雨又迹からも越後女盲《ゴゼ》(盲女)（『岡間本八番日記』文政四年六月）

一茶の里は新潟に近いので、越後から出稼ぎとか魚売りの女がよく来る（第二部第五章一五四～一五五ページ参照）。それ共に盲女の瞽女も来る。五月雨が降りやんだ後から盲女が来るが、既に記したように歌曲を奏でるだけでなく、客が望めば身体も売っていた。

三　女郎をうたった興味深い句

勿論駄句もあるが、紹介しておきたいものを年代順に並べてみた。

唐人と雑魚寝《ザコネ》もすらん女哉　（『寛政句帖』、寛政五年）

「唐人」とは中国人を始め外国人一般を指す。特に白人のことは「毛唐人」ともいう。差別的な意味があるので、明治以後は使われない。彼らの話す言葉は勿論女郎にはちんぷんかんぷんである。しかし彼らの多くは、無性に彼女らにしがみつき、幾度も〳〵情をかさねる。彼女らは疲れ果て、そのため唐人と並んで寝てしまう。こんなことは長崎ではよくあった。彼女らの多くは唐人を厭がっていない。商売のためとはいえ遠く故郷をはなれてこの地に来て、種々の思いをこめて彼女らをかき抱く唐人等に特別の感情を抱くこともあったろう。

蚊を焼くや紙燭《シソク》にうつる妹が顔（『寛政句帖』寛政五年）

紙燭とは、松の木を長さ四〇センチ、太さ一センチほどの棒状にけずり、先の方を炭火であぶって黒く焦がし、その上に油を塗って点火する。『寛政句帖』には月日の記載がないので、どこにいたか厳密な所は不明だが、この句から推察すると夏期であったろう。とすれば肥後、豊後、肥前のいずれかで、妹とは、宿屋の飯盛か。くすぶる紙燭にちぎったばかりの女の顔がちか〳〵うつる。愛らしい。明日は別れか、前部の「蚊を焼くや」が、この後をひきたたせる。この句に蚊取りをいれたのは、単なる心遣いのみではなく、他の意味も含めた為と思えるのだが、それが何か私にはわからない。とにかく「焼く」という表現にしたのが一段とよい。女は話を聴きながら、一茶にやさしく微笑みかけてくれている。彼は女の髪をなでながら、一夜の幸福《シアワセ》を感じている。実はこれから十年後の四十一歳の時、千葉県富津に三泊して、この句のもじりをつくっている。

蚊を殺す紙燭にうつる白髪哉　（『享和句帖』享和三年六月）

ここでは「殺す」とうたっている。この白髪は勿論一茶である。プーンと音を立てて近づく蚊を憎らしげにたたいているようすが想像できる。「蚊を焼く妹」は、どこかやさしそうであり、これと対照的である。

花の雨虎《トラ》が涙も交《マジ》るべし　（『文化句帖』文化五年二月）

『文化句帖』は『享和句帖』に続くもので、享和四年（文化改元、一八〇四年）一月から文化五年（一八〇八年）五月にいたる句日記である。本書は、大正十三年『一茶旅日記』という題名で刊行されたが、昭和三年『一茶叢書』の六編としてこの題名に変更された。

ここに記されている女は虎御前のことで、曽我十郎祐成《スケナリ》の愛人であった遊女である。虎の涙とは、陰暦五月二十八日に降る雨のことで、この日曽我十郎が死に、それを悲しんだ虎の涙が雨になって降ると伝えられる。この句をつくったのは二月であるが、その二月の花を散らせる雨にも虎の涙が交っているということである。咲く花の少ない二月に何故一茶はこの句をつくったのか。あるいはもっと前につくったのを、二月の句の中に加えたのかもしれない。なお虎をうたった句は、これ以外にも六句あり、この句以外に出色のものは次の句である。

人鬼の里ももらさず虎が雨（『文政句帖』文政八年六月）

一茶が大磯に旅をしたときを思い出してつくったものであろう。「大磯には愛人が死んだのを悲しんで虎が石と化したとの伝説があり、その石があった」（新村出編『広辞苑』第四版、一八七一ページ、岩波書店、一九九一年）。「人鬼の里」とは、鬼のような残忍な行ないをする人とか、そのような心の持主がいる里のことであるが、一茶はこのとき二番目の妻、雪に去られて一年たっている。身体が不自由で、出歩くときはしばしば駕籠を利用していた。そして家にいるときよりも門弟の所を泊まり歩いているときの方がはるかに多かった。「人鬼の里」とは、一茶の家のある柏原のことか。そのような所にも虎は雨を降りそそぐ。虎の愛はこのように深いものであるという意味か。もっともこの二年前、すなわち文政五年六月には、「誠なき里は降らぬか虎が雨」（『文政句帖』）をつくっているので、一茶の気持はくる〳〵と変る。

ところで、雪と暮らしているときといっても、雪はたびたび実家に帰っていた。雪のいないときは特に身体の調子が悪く、薬をかなり服用していた。日記によれば、七月十八日に下痢が始まり、そのため芎黄散《キュウオウサン》を飲んだが受けつけない。それでも少しはよくなったが、しばらく病臥。小諸の魯恭より白砂糖一斤と手紙が届く。当時は白砂糖も貴重な薬であった。同月二十三日に医師が来診。草乾姜湯を服用したが、いっこうによくならない等が記されている。同月二十七日雪は実家にもどり、以後一茶のもとに来なかった。そのため一茶はやむなく離縁状を書く（八月三日）。

雪に去られてから病状は悪化し、中風が再発、さらに言語障害を併発した（第二部第七章二七八～二七九ページ詳述）。

「人鬼の……」をつくった同じ月に「としよりのおれが袖へも虎が雨」などと歩くのも不自由な自分を哀れっぽくうたった句を残している。

藤さくや木辻の君が夕粧《ケハ》ひ　（『七番日記』文化八年三月）

ここにうたわれている藤は、山野に自生するヤマフジか、それとも観賞用の園芸品種か、おそらく後者であろう。五～六月頃淡紫色または白色の蝶形の花をつけた長い総状の花穂を垂れる。しかしこの句のうたわれた三月に花をさかせるのは早すぎる。おそらく一茶は実際に見たわけではない。たぶん木辻（奈良の遊女町）の女たちが、夕ぐれになるとあちこちで美しく化粧しているのを想像して、それに花を添えたのであろう。このとき彼は関西に旅行してはいない。なお木辻をうたった発句を筆者は三句知っている（『文化句帖』文化一年九月に一句、同二年十月に二句）。また連句では文政十年閏六月（『梅塵抄録本』）に素外（一茶と頻々歌仙を巻いたが、特に彼の門人ではないらしい）が前句、一茶が付句をしたものがある。いずれの作品も関西に旅をしていたときのものではないし、先程紹介した句以外によいものはない。

涼しさにぶらく地獄巡り哉（『七番日記』文化八年六月）

ここで言う「地獄」とは私娼窟のことである。ちょうど房州の木更津、富津、鋸南等をまわっていたときであり、それらの町のいずれかの私娼窟をひやかしていたのであろう。この場合の「地獄」を、一茶は特に悲惨な所という深い意味をもたせているわけではないと、筆者は考えている。

この月の十六日には、大事な歯を失なってしまった。以下に、横にそれるがそのときの一文を紹介する。勿論地獄めぐりの後である。その表現には『七番日記』と『我春集』とでは若干の違いがあるので、両者を併記した。（　）内は『七番日記』。ただし句読点の有無にはこだわらなかった。

十六日昼ごろ、キセルの中塞《フサガ》（が）りてければ、麦わらのやうに竹をけづりて入置《イレオキ》たりけるに（さし入たるに）、中につまりて（しぶりて）ふつにぬけず、竹の先わづかに（僅《ワツカ》）爪のかゝる程なれば、すべきやうなく、（前々より）欠《カケ》（け）残りたるおく歯にてしかと咥《クハエ》て引たりけるに、竹はぬけずして、歯はめり〳〵とぬけおちぬ（くだけぬ）。あはれあが仏とたのみたる（ただ一本の）歯なりけるに（なりけり）、さうなきあやまちせしもの哉（したりけり）。かの〔『七番日記』にはない〕釘ぬくものもてせばてせばする〳〵とぬけべき）を、〔これ以後は『我春集』のみ〕人の手かることのむつかしく、しかなせる也。此寺《コノ》(1)は廿年あまり折ふしにやどりて、物ごとよ所《ソ》〳〵しくはあらねど、それさえ心まゝならぬものから、かゝるうきめに逢ひぬ……。

【註】

(1) 此寺——富津の大乗寺。

春雨やてうちん持の小傾城《ケイセイ》（『七番日記』文化九年二月）

雨がしと〳〵降る中を廓に上る傾城に片方の手で傘をさしかけ、一方の手に提灯を持って、傾城の足下を照しながら歩く少女。彼女の肩には雨が降りかかっている。足もびしょくであろう。読む者にそこまで感じさせてしまう。このように一茶の小傾城をうたう作品の多くはすぐれている。

夕立やけろりと立し女郎花《オミナヘシ》　（『七番日記』文化九年四月）

四月三日は花嬌（第二部第二章）の三回忌に参列し、翌日は彼女の養子の織本子盛宅で行われた花嬌の三回忌句会に参加し、いくつかの秀れた作品（第二部第二章八四～一二五ページ参照）をつくったが、その後日にこの句をひねった。この「女郎花」は文化十年にずらりと出てくる句の「八兵衛」のことである（房総地方の私娼の総称）。「夕立やけろりと立し」は、どのような困難な事態が起きても、それに負けないで、たくましく生きぬいてゆくという意味である。ここで彼女らを元気な女郎花にたとえたのである。

本来の女郎花は秋の七草の一で、漢方では根を乾し利尿剤として用うる。この花の季は秋だが、一茶はこうしたことに頓着しないで句をつくるのは毎度のことである。

先記したように『七番日記』以後八兵衛にちなんだ句が多数つくられている（『七番日記』四首、『風間本八番日記』一首、『梅塵本八番日記』二首、『文政句帖』二首）しかも同じ句が重複して幾度も出てくる（『文政句帖』文政五年三月と八月、『文政九・十年句帖』）。八兵衛とは、房総地方でいう泊り屋の飯盛遊女のことで、その語源は「男がしべいといい、女もしべいという、ふたつ合せて八兵衛なり」と古人の語りである。八兵衛をうたったものに佳作がいくつもあり、そのひとつは、『七番日記』の「ほろつくや八兵衛どのの祈り雨」（文化十年四月）である。この作品は、明らかに「花の雨虎が涙も交るべし」（本章六五ページ参照）を念頭においてつくったものである。それはまた其角《キカク》の作、「八兵衛や《(の)》なかざなるまい虎が雨」（『梅塵本八番日記』文政二年に所収）を下敷きにしている（一茶は其角から強い影響を受けており、初期（寛政年間、二十代後半）の作品にはその模倣のあとがみえる。其角の本名は榎本侃憲。江戸に生れ、芭蕉の門人で、其角の編集で芭蕉追悼集『枯尾花』が元禄七年に発刊されている。一茶は文化三年、四十四歳の二月に其角の百年忌を催し、追悼句をつくっている）。一茶はこの句に、「いと古くより唱へ来ると見へ《(え)》たり」の横書をつけている。

ところで、「ほろつくや」とは、「こぼれおちるように」という意味であろう。雨のふるさまが、涙がこぼれおちるようである。一茶はここで八兵衛を「との」つきで呼んでいる。その理由を筆者は知らない。「八兵衛どの」は何を祈っていたのか。国の身内の病気の回復か、それとも恋しい人が会いに来ることか。

また『文政句帖』（文政七年二月）でも、八兵衛を「との」と呼んでいる。「春雨や八兵衛どの〻何かよむ」

八兵衛が破顔微笑やことし酒　（『文政句帖』文政五年四月）

八兵衛の多くは酒好きである。破顔微笑とは、顔をほころばせてうれしそうに笑うこと、あるいはにんまりすることである。何故ならば、この年に醸造した酒は、例年になくうまいからである。きっと米作がうまくいったのであろう。ここでも一茶の彼女らに対するやさしさが、みじかい詩の中にあふれている。この句はこの句帖の同年八月にも載っているが、それは一茶の意志でそうしたのか、一茶の門人たちがそれぞれの家蔵したものによって、勝手に載せたのか不明である。

八兵衛がぼんのくぼより乙鳥《ツバメ》哉　（『梅塵本八番日記』文政二年）

これには「夕化粧して門の柱にもたれる体なり」の添書がある。

夕ぐれになると化粧した彼女らが、もの憂い感じで門の柱によりかかって客をひいている。その項《ウナジ》の中央のくぼみの所に乙鳥がとまって、行き来する人たちをのぞいている。色気を一杯にただよわせている素晴らしい作品である。「うなじの乙鳥」は、おそらく一茶の想像であろう。この句の前に蘇東波《ソトウバ》（蘇軾《ソショク》の号、北宋の詩人、文章家、一〇三六〜一一〇一年）の詩を模したと思われる、売笑婦の夜のつとめを記した詩が載っている。特に最後の行は強烈である。

二八ノ佳人巧様粧
同房夜々換《カユ》二新郎一
一双玉臂《ヒ》千人枕
半点朱唇万客嘗《ナム》

八兵衛や耳たぼにおく小朱判

（『梅塵本八番日記』文政二年／『文政九・十年句帖写』文政九年）

この句の添書として、先に記した「八兵衛の語源」の解説がついている。耳たぼにおいた小二朱判は客の心付けか、それとも遊び賃か。彼女らの一寸した所作、事柄をさりげなく句にするのは、「八兵衛がぼんのくぼ……」もそうであるが、一茶の得意とする所である。客との営みがひとまず終わり、耳たぼに客の心付けをはさんで、ふとんに腹ばいになり、たばこでもくゆらせているのか。そんな光景を想像させる。この句の後に既に記した其角の佳作をのせている。ただし『文政九・十年句帖写』では、「八兵衛や」ではなく「八兵衛の」に、「なかざなるまい」が、「なかざなるまへ《え》」になっており、その添書の最初に「其角」がついている。しかしここにふたつの句を並べたのは一茶の意志であり、彼としては、愛人を失なった虎の悲しみが雨になったとの言い伝えに、八兵衛が涙したとの其角の句に感銘をうけて範せたのは間違いない。

市姫の一人きげんやとしの暮　（『七番日記』文化十年閏十一月）

「市姫」とは本来の意味は、「市神の女神」のことである。しかし街娼を、俗に「市姫」と呼ぶ場合もある。この句の「市姫」は、一茶によれば勿論後者である。市姫は客に酒をおごられたのか、あるいは仲間うちで一杯きこしめしたのか、そして皆とわかれて、ふら〳〵と上きげんで歩いていたのか、それとも一人酒か。おそらく客におごられ、その客とわかれて一人きげんで家にもどって行く所であろう。それはまさに、傑作の「玉霰夜たかは月に帰るめり」（本章四八ページ参照）と同じ趣向である。

榾《ホダ》の火に大欠《アクビ》するかぐや姫（『七番日記』文化十三年十月）

囲炉裡にくべたり、焚火などに使う木の切れ端を榾という。かぐや姫とはここでは街娼を美化して呼んでいる。十月の寒い夜である。そのためか今宵は客がつかず、長時間手持ちぶさたに榾の火にあたっている。かぐや姫は大きくあくびをする。眠くもなろう。

遊女めが見てケッカルぞ暑い舟（『七番日記』文化十四年六月）

一茶の作品で、このように遊女を悪しざまにうたっているのは、この句だけである。おそらく土手にすわっているのか、それとも川にそって生えている木陰ですずみながら、舟を指さして何か言って笑っているのか、舟に乗っているのは誰だろう。旧暦の六月はかなり暑い。一茶たちか、それとも偉い人たちか。一茶はすでに信濃に帰って世帯を持っており、この年の三月には出先の房総から妻の「菊」宛に、有名なヒゼン状（後述）を送っている。この六月はまだ房総を巡っているので、その時につくったものと考えられる。とにかく「見てケツカルぞ」とは面白い表現である。その意味は、「見て居やがる」と動作をののしって言う卑語である。しかし一茶は遊女たちを批難しているわけではなく、むしろこの暑さの中で、おそらく日よけのない舟に乗っている者たちを笑っている彼女たちの明るさを強調しているのではないだろうか。

小女郎が二人がかりの団扇哉　（『文政句帖』文政五年四月）

二人がかりで少女たちが扇がねばならない程の客が来ているのか、とにかく大柄な男であることは間違いない。それにしても、旧暦とはいえ、四月である。二人で扇ぐ程の暑さだったのか。しかしこの月には暑さをうたった句が六首あるので、例年よりも温度が高かったのであろう。

かはほりや夜たかゞぼんのくぼみより（『文政句帖』文政六年三月）

「かはほり」とはこうもりのことである。「ぼんのくぼみより」は、既に発表されている『梅塵本八番日記』（文政二年）の「八兵衛がぼんのくぼより乙鳥哉」の同工異曲である。これと似たりよったりのものが、「かはほりや夜ほちの耳の辺《アタ》りより」（『文政句帖』文政七年三月）である。夜ほちとは、夜たかの別称である。なお文政二年五月には、最初の妻である菊が没している。この二首の「かはほり……」のいずれも佳作かどうかは、専門家には評価されない。しかし、捨てがたい良さをもっている。特にわざわざ夜たかを夜ほちと呼び、かはほりが耳の辺りにとまっているとの表現は強烈である。

かんざしでふはと留《トメ》たり雪礫《ツブテ》（『文政句帖』文政六年十一月）

副題として「青楼曲」がそえられている。青楼とは女郎屋のことである。その語源は、昔中国で遊郭の前に青漆を塗ったからという。江戸では官許の遊郭（特に吉原）を私娼窟と区別して青楼という場合が多かった。しかし一茶は文化十四年六月を最後に江戸へ出ていない。もっとも彼はかなり前の過去をふりかえって多くの句をつくっているので、江戸の吉原をひやかしていた頃を思い出してつくったものであろう。一体誰がこの遊女に雪礫を投げたのであろうか。勿論一茶ではない。しかし一茶と同様吉原の中をひやかしているが中で遊ぶ程の金を持っていない連中に違いない。そしてやっかみ半分で雪礫を投げつけたに相違ない。しかし彼女はすかさずはずした簪でふんわりとうけ留めて、はたき落している。この後にも「青楼曲」と副題をつけた作品がある。

暁の別《ワカレ》たばこや蚊屋の月（『文政句帖』文政七年六月）

これは吉原の中のことかどうかはわからない。しかし一茶自身をうたっているのであれば（多分そうであろう）、吉原ではない。しかし江戸にいた頃世話になった成美のおごりであれば、吉原で遊んだかもしれない。ただしその可能性はきわめて低い。

明け方で、まだ月がみえている。一夜妻が火をつけてくれた別れのたばこを、蚊屋の中で腹ばいになって吸っている。この夜は心をこめて相手をしてくれたのであろう。また会うことがあるのか。まだはなれたくない。しみじみとした思いを謳った佳作である。勿論この句はこの年のことをうたったものではない。と言うのは、この年の五月に二番目の妻雪と再婚し、七月には中風で倒れ、八月には雪と別れているからである。したがってこの頃女郎屋に泊まっていたとは考えられない。この月の句には、江戸浅草馬道の富士権現にあった築山の富士をうたったものが三首あるし、江戸谷中の本行寺に泊まった時のものとか、両国船中のものもある。とにかく江戸にいた頃をうたったもので、かなり以前のことである。

茶《チャ》碗《ワン》酒《ザケ》例の牡蛎《カキ》汁《ジル》いざすすれ（希杖）
あれに候恋の岡崎（一茶）（『茶翁聯句集』文政六年十月）

希杖は、一茶の最も重要な門人。長野県下高井郡山ノ内町湯田中で温泉旅館を営む。一茶の門下は、千曲川を境に川西と川東に分かれ、親密ではなかった。希杖は川東で最も発言権が強かったといわれる。

希杖の前句は勿論彼の里でのことではなく、彼の旅先で食したもののことをうたったのであろう。句としてはどうという程のものではないが、一茶の付句は、かつて西国を旅し、岡崎の女郎屋をのぞき、「能い女郎衆《ヨ　ジョロシュ》岡崎女郎衆夕涼み」（『寛政句帖』／本章五五ページ参照）をつくった頃を思い出して付けたものであろう。句は全体として、その時をなつかしんでいることが伝わってくる。「あれに候恋の……」には、しみじみとした慕情を感じさせる。この時一茶は六十一歳の十月。五月に妻菊と死に別れているが、そのことと関係しているのかどうかはわからない。それよりも若き日に九州、四国、関西を旅した頃かかわった女性たちを含めた思い出をうたったものであろう。

傾城がかはいがりけり小せき候（『希杖本*』）

＊希杖本――希杖が一茶の生前から死亡直後にかけて、一茶自筆の『志多良《シダラ》』ほかの遺稿より主として発句を抜き書きしたもの。希杖自身としては題をつけていない。いつ頃まとめ上げたのか、正確な年月は不明である。荻原井泉水が大正十一年一月に『一茶句集しだら』として刊行した。しかしまもなく一茶自筆本で正真の『しだら』が発見されるに及び、本書を『希杖本一茶句集』と改題、昭和十二年六月、再び井泉水の手で正真の『しだら』とともに出版された（矢羽勝幸『一茶大事典』四八四ページ、大修館書店、一九九三年）。

「節季候《セキゾロ》」は、一茶にとっては気にかかってしかたがない人々であった。「節季候」とはきたるべき新年の祝言を述べて歩く門付けの大道芸の人々で、茜木綿の手甲脚絆を穿ち、麻裏草履の鼻緒赤く、同じく赤色木綿の細紐でこれを結び、藺の韮山形の笠を冠り、茜木綿で面部を包み、眼ばかり出して、唄の文句は「サッサ節季候、毎年毎とし、旦那のお蔵へ金銀お宝飛び込め舞ひ込め」などと歌いながら、三、四人連れだって、女の三味線にあわせて、四ツ竹・太鼓・拍子木など囃し、「くるとしの福と、又年の終りまで何事なく送りかさねしを祝ふ心なるべしと云り」という内容の祝詞をせわしく唱えて、米銭を乞うて市中を歩いた。一茶にとっては、かれらもまた山川よりきびしい世路を生きぬく貧しい人々として、哀れさを感じていた。そして六十におよぶ句を残している（青木美智男『一茶の時代』九九～一〇〇ページ、校倉書房、昭和六十三年）。

節季候のなかには、妻や小セキ候づれがいた。遊女屋の女郎がそんな小娘をあわれんで可愛がる。おそらくこの女郎もかつては小せき候だったのかもしれない。実際そうしたことはしばしばあったろう。だとすればおそらく食べ物をやったりして、可愛がるのもわかる。

以上一茶が娼婦たちをうたったものの中で、出色のものを挙げてみた。

一茶は菊と結婚する前に、肉体関係をもった女性のほとんどは、西国旅行のときのごく一部の女性を除いて、最下級の娼婦かそれに類する女性であった。そして彼女ら及び、やがて娼婦にならねばならない少女たちをうたった作品の多くは、彼女らに愛情をそそいだすぐれた句であると筆者は思っている。しかもこれらを含めて七十以上を超えて発表されたのは、他の俳人にはみられない。

これらの多くの句が、技術的にすぐれたものかどうかは、筆者は専門家ではないからわからない。しかしその大部分は心をうつものであり、それは専門家によって駄作と言われているものでもそうである。

一茶について、従来から娼婦たちをうたった句に対する論評はきわめて少ない。しかし一茶を語るためには、これらの句に対して評価することが是非とも必要であろうと思うが、どうだろうか。

第二章　花嬌

一茶が結婚する前に愛したといわれている女性である。

花嬌と一茶のかかわりについては素晴らしい小説や戯曲があり、何と言っても田辺聖子の『ひねくれ一茶』（講談社、一九九二年）、井上ひさしの戯曲『小林一茶』（中央公論社、一九八〇年）、矢代静一の『小林一茶』（河出書房新社、一九九一年）が最も面白かったが、井上ひさしと矢代静一の作品における一茶と花嬌のかかわりは、創作として読んだ。しかし田辺聖子のそれは、かなり事実に近いものと思えた。これらについての詳しい紹介は本書の目的ではないが、花嬌の年齢については触れておく。これについては三者三様で、田辺聖子の小説では一茶四十四歳のとき四十八歳、井上ひさしの戯曲での一茶のこの年齢への換算で四十七歳、矢代静一の作品における同様の換算で三十九歳である。矢代が花嬌をこのように若くした理由は、花嬌が若い時江戸で一年程暮していたとき、すでに中年であった織本嘉右衛門が江戸に来た際に見初め、この縁で所帯をもったとしていることにある。花嬌が一時期江戸にいたのは事実だが、嘉右衛門がそこで知り合ったことの裏付けの証拠を私はもっていない。小説や戯曲は別として、一茶の研究者のうち特に長野県の研究者の多くは、花嬌は一茶よりも十二、三歳以上年長であり、一部では享年である文化七年(一茶四十八歳)には七十歳であろうと推論している。しかし長野県以外で研究を行なっている人たちの多くは、花嬌を一茶よりも数年年長と書いている。これらについては、後段で詳述する。

花嬌の夫の本名は前記した織本嘉右衛門永祥で、俳号は砂明《サミョウ》。千葉県富津市富津の人、四十六歳で没した。この時寛政六年(一七九四年)であった。俳号は花嬌の弟(五男)が受け継いだ。

花嬌は同市西川の名主小柴庄左衛門守之の娘として生まれた。本名は園《ソノ》。別号対潮庵。嫁ぎ先の織本家は、この地方きっての名家であり、代々名主をつとめ、酒造と金融を業とする豪商であった。夫婦の間に娘の曽和がいる。夫婦とも江戸の大島蓼太(第一部第一章八〜十ページ参照)に師事した。花嬌宛の蓼太書簡も伝わる。蓼太の安永六年(一七七七年)の酉歳暮、安永七年の蔵旦試筆の『蔵旦歳暮帳』に、砂明と花嬌の句が収められている。

門春にめでたき雪の雫かな

餅つきや相生の松の臼ふたつ　（以上は砂明の句）

今朝屠蘇の顔もほのめく初日哉

鳥の巣も都うつしや煤はらい　（以上は花嬌の句）

花嬌はこの安永七年には二十歳頃といわれる。この時一茶は十六歳であった。ここで二人が会ったかどうかは不明である。ところで砂明は先記したように寛政六年二月に四十六歳で没しているが、もし花嬌が四～五歳年下であったとすれば、この時四十一～四十二歳である。仮に信州の研究家が書いているように、文化七年には花嬌が六十歳以上だとなると、くどいようだが、寛政六年では四十四歳以上である。そして夫の砂明との年齢差は二歳以下となる。この説の根拠はふたつあって、ひとつは織本家の養子の道定（俳号は子盛）は、一茶より三歳しか年齢が下ではない。即ち花嬌が没した文化七年では四十五歳で、養子（子盛）と義母（花嬌）との年齢差は十五歳以上となる。なお妻の曽和（俳号は素和女）の年齢は不明である（文政三年、一八二〇年没）が、夫より三～四歳年下と仮定すると（花嬌が死去した文化七年で四十一～四十二歳）花嬌が十八～十九歳のときの子となる。したがって推測に無理はない。

もうひとつの根拠は、晩年の花嬌が剃髪していたことが過去帖（『富津大乗寺過去帖』）から明らかだからとしている。歴代の織本家の主婦たちの法名が「大姉」号であるのに対して、花嬌は「禅尼」号である。おそらく孫に耽溺する老婆であったろうとしている。実際に花嬌の句には孫に対する愛情をうたったものがいくつもある。もっとも早いもので、寛政九年（一七九七年）に雪中庵完来の『日暮帖』には、「初孫をまうけて嬉しき春をむかふ」の添書をつけて、

若水やうつす笑顔も神ごゝろ

鶯やひと夜降たる雪あかり

百とせの宿に咲也夜の梅

等の孫を得た喜びに満ちた句を発表し、文化元年、雪門の岩波午心の歳旦帖に寄せた句に、

文車《ワグルマ》に凧ゆひそえて曳せけり

梅の花折たけれどもよ所の垣（孫八才徳内、実際は花嬌の作句したもの）

さらに文化三年同じ雪門の文来庵雪万の歳旦帖に寄せた句に、

春の夜や孫にひかるゝ歌がるた

がある。このように孫に耽溺する六十歳以上の尼姿の未亡人に恋心をもつだろうか。また晩年みずからの老いを示した一文「すみれの袖」（後述）は、貞印尼と同行して成田、江戸に

八日間旅をした紀行文だが、その中で「老足むつかしく」となげいている。これらを考えて、六十歳以上とする説を支持する人たちは、一茶と花嬌の間の恋愛感情など全く考えられないとしている。

しかし一茶の作品群をみると、そのように断定することには躊躇せざるを得ない。ましてや、文化七年花嬌七十歳説は極めて疑わしい。仮にそうだとすれば、砂明よりも八歳年長となり、仮に惚れあって結婚したとしても、年齢が離れすぎである（勿論これが逆ならば話は別だが）。何しろ織本家はこの地方きっての名家で豪商である。したがって花嬌七十歳説は全く信用できない。

話を前にもどすが、花嬌が幾歳のときに曽和を生んだか、もう一度考えてみる。仮に彼女が十五、六歳の時に生んだと仮定して、先記した様に安永七年に花嬌が二十歳だとすれば、それは安永三、四年のことであり、文化七年で曽和は三十六、七歳になる。ということは、子盛四十五歳の妻としておかしくない年齢である。そして寛政九年に初めて子が生れたとしても、二十一、二歳の時であり、全く不思議ではない。したがって花嬌と一茶との年齢差が四歳くらいとして、彼女が亡くなった時五十二、三歳と数えても間違いとは思えない。特に花嬌の美貌と才能は郷党に高かったことが知られており、この年齢であっても容色は衰えていないと考えてもおかしくない。このことは孫の有無とは無関係である。何しろこの地方の一茶とかかわった俳人たち、徳阿、文東、白老等々の影が、花嬌と比べるとはるかに薄くなるし、金子兜太によれば、大正八年（一九一九年）の相馬御風『一茶の故郷を訪ふ記』の文中で、一茶の遺品の中に古びた手行李一個があって、自分で紙を貼り、渋を塗ってつくったものと伝えられているが、その中に一茶が筆写した『花嬌家集』前後編二冊も入っていた、と書いている（『小林一茶――〈漂鳥〉の俳人』一一〇ページ）。

そこでひとまず一茶の花嬌への恋心を肯定して考えてみる。

花嬌と子盛との年齢の差は問題ではない。次に花嬌が剃髪していた事であるが、おそらく切り下げ髪の有髪の尼であったろう。これは彼女の句から想像できる（後記）。当時尼僧と僧侶を始め、普通の男性との交情はしばしばあったので、一茶が恋愛感情をもったとしても否定することにはならない。しかし実際に一茶と花嬌の間に交情があっただろうか。これについても後記する。

著者の知っている所では、文献における花嬌と一茶との交渉の初見は、享和二年（一八〇二年）の十二月二日の花嬌からの手紙だが、この年一茶が富津に行った記録はない。しかし彼らは数回会っていたのではないか、と研究者たちは考えている。というのは、このとき単に手紙だけではなく、南鐐（江戸の貨幣で二朱銀のこと）一片を手紙に同封しているからである。これは一茶が無心したものか、花嬌が自発的に送ったものかはわからないが、享和年間にすでに二人はかなり親しい間柄にあったと思われる。

金子兜太の『小林一茶――〈漂鳥〉の俳人』では、一茶は大乗寺の徳阿から二十九歳にあたる寛政三年（一七九一年）に花嬌を紹介されたのではないか、と推測している（一〇六～一〇七ページ、もっとも彼の著書では「寛政二年、二十九歳の時」となっている）。この年一茶の師の素丸や竹阿（寛政二年没）の、そのまた師である葛飾派二世の長谷川馬光の句碑が千葉県鋸山に建立され、一茶は亡き竹阿の代りに建立祝いの式に参列した（鋸南町史）。この時一茶は富津大乗寺に泊まり、それ以来一茶の常宿となり、徳阿とは親しい間柄となった。そしてこの式に出た後、徳阿は若い一茶を連れて織本宅を訪れたことは十分に察しがつく。そのときはまだ夫の砂明は元気だったが、間もなく死没して、花嬌が織本家を切りまわすようになった。それ以後両者の間に接触があったとしても、不思議ではない（少くとも文通で）。

筆者の知っている所では、花嬌に対する一茶の愛について最も詳しく記載しているのは、大場俊助の『一茶の研究』と北小路健の『一茶の日記』である。特に大場の著書では一〇〇ページを超える。いま読みなおしてみると、納得できない所が多いが、非常に面白い。北小路の著書でも四〇ページ以上このことにさいているが説得力があり、一部分を除いて信頼に値すると思えた。

北小路が書いているが、花嬌を「心に秘めた一茶の恋人」として発掘したのは、大場でありその業績は認められるべきである（『一茶の愛と死』昭和三十九年）としている（もっとも彼は、一茶が愛を告白した『享和句帖』を愛の諷諭であるとする大場の見解を、批判しているが）。

大場によれば、一茶の花嬌によせる愛と死の物語は、享和三年の『享和句帖』と文化元年から同六年に至る『文化句帖』、さらに文化七年から同十五年末（文政元年）に至る『七番日記』にわたる。

まず一茶の日記からの花嬌の初見は、先記したように享和二年十二月であるが、翌年には五月、六月、十月、十一月に富津およびその近在に行っている。特に六月、十月、十一月には富津に入っている。しかし日記では花嬌の名が出ていない。実はこの年には亡父の三回忌があったのだが帰郷していない。花嬌は既に未亡人になっている。北小路によれば、一茶が帰郷しなかった理由はふたつあるという。そのひとつは次にあげた句の自分を「つぎほ（継ぎ穂)」とうたった所にある。

三とせ不レ覩《ズ》つぎほは花も老《オイ》にけり　(『享和句帖』享和三年十月)

――いま在所の柏原の家を守っている母子は、一茶の継母《ママハハ》であり、腹違いの弟だ。亡父が病に倒れてから没するまでの間この母子が亡父や一茶に対して行ったひどい仕打ちを思うと〔筆者註――勿論一茶の一方的な思い込みだが〕、素直に顔を合わせる気にはならないのだ。もうひとつの理由は、〔筆者註――実はこちらの方が重要だが〕花嬌に捧げる熱い秘めたる想いのゆえだ。花嬌の住む富津のあたりを離れがたい想いがしきりなのである。この年先記したように、三回も富津に足を運んでいることが、何よりも雄弁にその間の事情を語っているのではあるまいか〔大場〕。

美しき団扇《ウチハ》持ちけり未亡人　(『享和句帖』享和三年七月、重複して記載)

六月三日、木更津から富津に移っているが、十日には江戸に帰っているので、この句は勿論江戸でつくった。さらに同月に「天の川都のうつけ泣《ナク》やらん」（同）「我が星はどこに旅寝や天の川」（同）をつくっている。

来るくくも待つ人でなし夕紅葉　（同）

――ふれなば落ちなん風情をするのは女性の常、すべて女性は手折る人を待つものではないか〔大場〕。

梅一枝《ヒトエ》とる人を待つ夕べ哉　（同、八月）

――手折る人を待つのが花の心、女性のならわしではないか。しかしわが心はその花を手折るべきか手折らざるべきかと惑う〔大場〕。

近よれば祟《タタ》る榎ぞゆう涼み　（同）

――恋い焦がれて恋い死ぬ思い、『猿蓑集』の「恋死《コヒシナ》ば我塚《ワガツカ》になけ時鳥《ホトトギス》」（『享和句帖』享和三年八月）の作者、遊女奥州の心は今のわが心であるか、と歎じている。

――十月になる。花嬌の俤は絶えず脳裏に去来してはなれない。子女ある里正の未亡人、手をふれるさえ世の戒めるところだ〔大場〕。〔筆者註――「里正」とは元来村長、庄屋のことだが、大場はもっと広い意味、由緒ある家柄という意味で使っている〕

文化元年七月七日にまた恋歌をつくっている。この年、六月二十二日に木更津に行き七月二日に富津に移り、同市の大乗寺に二十四日まで滞在した。この間三日から日射病で数日寝込んだ。

その恋歌は牽牛・織女の立会に託けたものである「今宵星祭夜《ホシマツル》なれば二星の閨情《ケイジョウ》はいふもさらにして……」（『文化句帖』文化元年七月七日）。

我星は上総《カズサ》の空をうろつくか（同）

木に鳴《ナク》はやもめ烏か天川《アマノガワ》（同）

——天上の二星の媾会と閨情を羨む地上のわれはひとりひそかにかの人を思うが、心を通わせるてだてもないから、わが心を知るよしもなく天の川を仰いでやもめ烏は悲恋に泣く〔大場〕。

このあとにいくつかの事件と自分の花嬌に対する恋心をダブらせている文章がつづく。その最初に一茶が書いている駈け落ちの記事は、一見すると批難しているようであるが、大場はこれを逆の意味に受けとめている。以下はその一茶の文である。

よべ子《ネ》ひとつの比及《コロホイ》(1)となん、木おろし(2)の画師なるもの、布川〔の〕里なる何がしの娘、男女はかりて三月の粕(3)など貧しからざる程、舟につみツヽ川霧おひ重なる夜の紛《マギ》れに、鬼一口(4)のうれい《(ひ)》もなく、いづちへか漕《コギ》うせしとかや。うつり心の一筋に「露と消ん(5)」などいへる、浅はかなる心とは見へ《(え)》ず。米みその類《タグヒ》迄たらはざる事なければ、さながら彼大福長者の老をやしなふ工夫《クフウ》に似たり。もし恋の道におほやけ《(公)》あらば、是等は重罪人なるべし。(『文化句帖』文化元年九月)

【註】

（1）よべ子ひとつの比及――昨夜午前一時ころ。

（2）木おろし――千葉県印旛郡印西町木下。

（3）粕――糧のあやまりか。

（4）鬼一口――伊勢物語六段。駆け落ちをしてきた男が芥川という所で女を鬼にくわれてしまう故事。

（5）露と消ん――右の話の中で男が悲しんで詠んだ歌「白玉か何ぞと人の問ひし時露と答へて消なましものを」。

――あまりにも用意周到な計画的な駈落事件だと驚き、恋愛事件に裁判があるなら、不義密通・心中駈落に比して、これはもっとも悪質で、重罪人に相当するという。そう断じながらも、世の男女が心中、駈落によってもおのが思いをとげる勇気と真劍さに驚歎しているのだ。自分はひたすら恋情を秘めかくして煩悶するばかりで、愛の告白さえできないのだ。世を憚り人を恐れ、みずから顧みて道ならぬことと自戒し、といって諦めることもできず、懊悩する自己の怯懦にあきれているのだ〔大場〕。

下ふさ《（総）》布川の人となん、男女私《ヒソカ》にちぎりあひ故郷はうしろになして、おなじ国成田といへる里にしるよしありて、しばし忍び居たりけり。さてしも棄《スツ》べき事ならねばとて、よく物をかぎ《（嗅）》、よく物を見る男等をやとひつゝ、ほどなく二人を得てかへりぬ。今はおのれしれる月船(1)の宿をやど〔と〕して、夜も昼もくらしける。おのがちゝ《（父）》母の家も遠からざるにわらひ《（笑）》のゝしり、更にはづ《（ぢ）》らふ色もなく、人のせざるわざなしたるごとく、みずから手柄顔にふれ歩くこそいみじけれ。異国に「桑中に待(2)、き《（淇）》のほとりにおくる」といへるも、かかる風俗なるべし（『文化句帖』文化元年九月）。

【註】

（1）月船――下総布川の一茶俳友。古田氏。回船問屋。

（2）桑中に待……――「詩経」鄘風、桑中篇「期二我乎桑一、要二我乎上宮一、送二我乎淇之上一矣」。男女間の風俗の乱れたのを諷した詩といわれる。

――布川の私通の男女が成田に駈落して連れ戻され、黙認の形でわが友、月船の家にあずけられた。本人たちは父母の家も遠くないのに、世間体など顧みず、人に恥じる様子もなく、人のできないことをなしとげたように、得意顔にふるまっている。一茶の恋愛観は常識的で、親の意思を無視して駈落するなど罪悪と考えている。しかるにこの男女は恋愛の自由を正しいもののように表明している。一茶の批判はそこにあるが、内心では自己の愛情に忠実であり、果敢であることにあきれるとともに、ひそかな共鳴を感じているようだ。

――このふたつの駈落事件は、儒教的な社会倫理などに拘束されていない。世間ていなど考えてはいない、親がゆるさないから駈落する。義理と人情の板ばさみに苦しんで、心中するなどという、古風純情なものではない。あくまで自分を生かし、愛情を貫徹しようとする。一は生活の用意をして駈落し、他は自由恋愛の勝利者のようにふるまって、憚ることなく、恥じてもいない。自分の問題とひきくらべて、ひそかに共鳴するものがある〔大場〕。

＊

既に記したが、十月二十一日に本所五ツ目の勝智院をひき払い、相生町五丁目（現墨田区緑町一丁目）の借家に移った。そしてそれより五日目の二十五日に花嬌の書簡を受信する。その手紙に「うり家に吹かれて立てり櫨紅葉《ハジ》」〔『急逓紀』寛政十年（一七九八年）から文化六年（一八〇九年）までの十二年間にわたる発来信控え〕の句が書き添えてある。

――花嬌は夫なき家を売って新居に移ろうとするが、売り家となった門先の櫨紅葉に照り映えて佇む彼女の妖艶な姿を、一茶はイメージに描いて恋情をかきたてている。

――そして享和三年の延命院事件を特に書きとめた。そこでは若い住職日道の事件は記さず、老いた納所坊主柳全と老女りせの密通、破戒の罪によって晒しものになったことのみを特筆している。これは、僧形の俳諧師のおのれと、子女ある里正の未亡人、花嬌のことを想い起しているのであろう〔大場〕。

八月三日、谷中延命院*納所六十六柳全女抱新吉原五十軒道清太郎母りせと密通に依って晒る《サラサ》、（『享和句帖』享和三年八月三日）

＊延命院――東京都荒川区西日暮里三丁目の日蓮宗の寺。延命院事件といわれるものは、住

職日道が数人の女と密通したり、奉行所に届け出ないで寺を建て直したりした罪で死罪となった事件。寺は七面坂にあったから、次のような狂歌までつくられた。「七面の四方八方尻がわれくめん違ふて顔はじうめん」（武江年表補正略）。したがって柳全・りせの一件は、この事件の主ではない。

廿六日晴　鎌倉円覚寺(1)教導日本橋に晒《サラス》。玉の盃《サカズキ》そこなき(2)がごときといへど、色好むは、人性にして、好《コノマ》ざるは獲麟《カクリン》(3)よりも稀也。あるは染どの、姫(4)を思い、又は物洗う女(5)に迷う。やごとなき僧正、雲に住《スム》山人すら此《コノ》一筋は踏《フミ》とめがたくやありけん。僧教導は仏道のいさほしも九五(6)近き身の戒を破りし罪となん。巷《チマタ》に面をさらさるゝ。よ所目《ソ》さへいとを《ほ》しく、にがぐしくぞ侍る。（『文化句帖』文化一年十二月）

雪汁のかゝる地びたに和尚顔　（同）

【註】

（1）円覚寺——臨済宗円覚寺派の総本山。僧が女犯の時は日本橋の橋詰めに三日さらしたうえ、本山に引き渡し寺法により追放することになっていた。

（2）玉の盃そこなき――「万にいみじくとも、色好まざらん男は、いとさう〴〵しく玉の盃の底なきこゝちぞすべき」（徒然草）。男女の情愛の心がわからない者は物足りないの意。

（3）獲驎――驎は麟、すなわち中国架空の動物麒麟《キリン》のこと。きわめて稀のたとえ。

（4）染どのゝ姫――文徳帝の后藤原明子のこと。紀の僧正がこの后をみて煩悩心をおこし病気で死んだが、その霊が紺青鬼となったという故事。

（5）物洗う女――「徒然草」に出てくる久米仙人のこと。洗濯する女の脛をみて雲より落ちた。

（6）九五――易の卦のうち最上位。

一茶は「色好むは人性にして」と愛欲を人間性として肯定する。しかし……

――おのれと同年輩、不惑の年をこえて分別盛り、四五歳の仙道の修行をつんだ僧侶の身として女犯の罪に問われ、公衆の前に晒されて生き恥じをかくとは、気の毒にも苦々しいことだという。……これこそ人ごとではなく、わが見せしめというものだ。布川の若い男女の駈落ちは、若さゆえに人も許したが、不惑をこえた分別盛りの醜聞は、世も人も許すはずはない〔大場〕。

参考までに記すると、この句の前書によれば、僧教導は「九五近き身」（註参照）ということだから、僧としての位の高い人で、それが女犯《ニョホン》の僧として晒しの刑を受けたのである。女犯の僧で付け加えれば、この罪で晒すのは、寺持でない僧つまり所化《ショケ》僧に限られ、それも相手が人妻でない場合のようだ。人妻だと獄門になり、人妻でない場合でも寺持僧は遠島の刑に処せられたらしい。とすればこの僧は、人妻以外の女性と関係した所化層ということになる。晒す場所は日本橋が普通だった（金子兜太『小林一茶――句による評伝』小沢書店、昭和六十二年）。だとすれば柳全の密通はどのように解釈すればよいか。晒された上で獄門になったのか。

淋しさに得心しても窓の霜　（『文化句帖』文化元年十二月）

――かれは文化元年に花嬌を諦めようとしてこの句をつくり、さらに文化八年の花橋一周忌にはこの句を想い起して「露の世は得心してもさりながら」と哀悼し、文政二年

（一茶五十七歳）には花嬌の転生と思ってよろこんだ長女さとが没して「露の世は露の世ながらさりながら」と哀惜する〔大場〕。

葉がくれに鳴かぬつもりの蛙哉（『文化句帖』文化二年二月）

この年一茶は七月から八月にかけて気が狂ったように富津のまわりを行ったり来たり、まるでうろついてでもいるように歩きまわっている。即ち七月十八日舟で上総に行く。二〇日には富津市大乗寺に入り、一泊。それから富津市の金谷に二十三日に行くが、二十一、二十二日は富津市内のいずれかに宿泊している。金谷に三泊して、二十五日には鋸南町に移り、八月五日には再び金谷に戻り二泊、七日には富津市竹岡（百首）に一泊、八日にはまた大乗寺に移る。そこで十二日まで泊まり、舟で深川に出、帰宅。花嬌を思い、このように行きつ戻りつ愛に苦しみ、焦躁のため落ち着かないとみるのが自然であろう。

木つつきの死ネトテ敲《タタ》く柱哉（『文化句帖』文化二年七月）

花嬌への想いを抱いてほっつき歩く意気地なし奴《メ》と、啄木《キツツキ》があざわらっているような、そんなあわれさを一茶は自嘲しているようだ。

文化三年（四十四歳）五月二日、舟に乗り、三日に木更津に着く。六日に富津に入った。早速文東（医師）がたずねてくれた。ところがさらに翌七日は一茶にとって忘れがたい日となった。

七日晴　文東、花嬌来
八日晴　南風

目出度さは上総の蚊にも喰《クハ》れけり（『文化句帖』文化三年五月）

細々と蚊やり目出度《メデタキ》舎《ヤド》りかな（同）

花嬌が来たのだ。

――花のように美しい花嬌を迎えて、ひと時の楽しさに限りない生涯のよろこびと生の歓喜に心ときめくのをおぼえる。

六日より十一日まで富津に六泊した。花嬌と会ったことの喜び方は尋常ではなかった。その後百谷・金谷・元名を経て、十九日には勝山で浄蓮寺（浄土宗）に泊まった。この日に鯨見物をしている。翌日境内での梅の古木をながめ、立ちならぶ墓碑に目を遣《ヤ》りながら、

痩梅のなりどし*もなき我身哉　（『文化句帖』文化三年五月）

＊なりどし――よく実のなる年。なり年のないやせ梅に自分の境遇をみあわせた。

と詠んでいる。

二十七日再び金谷に移り、さらに浦賀に渡り、六月五日に江戸にもどって来た。彼がなぜ浦賀に行ったのかについては、後述する。

文化四年二月二日に富津（花嬌と思われる）より金百疋をつけた書状が届く（『急逓紀』）。

文化五年六月七日。山田屋万右衛門経由で、子盛に手紙（白ちりめん切入）を出す（『急逓紀』）。先記したが、彼は花嬌の婿養子である。当然花嬌への音信または伝言を含んでいたろう。そしてこの品物は花嬌にあてたものに違いない。貧しい彼の精一杯の贈り物である。この年は二回の帰郷（一回目は祖母の三十三回忌に出るためと遺産相続の件の話し合い。二回目は相続に関する「取極一札之事」の取り交わし）で、富津には行っていない。

文化六年。いよいよ江戸を去る日が近づいてきた。三月二日には木更津に泊まる。三日には富津に入った。もうしばらく花嬌の顔を見ることはあるまい。四日には花嬌に会っていると思う。楽しくて浮き〳〵したに違いない。

散る花や仏ぎらいが浮かれけり（『文化六年句日記』文化六年三月）

五日には花嬌、文東、徳阿、子盛と共に花嬌の対潮庵で句会を催してくれるという。

三月五日晴　句会

五十年見れどもくく桜哉（文化六年句日記、文化六年三月）

一茶は手離しで花嬌を賛美している。

この句会はまず花嬌の句から始まった。通例は主客の発句で、主人が脇をつとめるのが俳諧の礼儀であるが、おそらく一茶の希望で女性に花をもたせ、花嬌の発句から始まった。花嬌、子盛および文東十一句、一茶八句、徳阿四句である。ここでは花嬌と一茶の前句と付句のあるものだけ書き入れる（『茶翁聯句集』）。

かい曲り寝て見る藤の咲《サキ》にけり（花嬌）
薪《マキ》をわる音に春の暮れ行く（文東）

細長い山のはづれに雉子《キジ》啼《ナ》いて（一茶）
鍋《ナベ》ぶた程にいずる夕月（花嬌）

牛の子を秤にかけて淋《サビ》しがり（花嬌）
独《ヒトリ》経よむまでになりしや（徳阿）
山《ヤマ》科《シナ》は牡丹《ボタン》の花のさかりにて（文東）
糸を染め〳〵待つ人もなし（一茶）
暁《アカツキ》の小川に夢を流すなり（徳阿）
幣《ヌサ》(1)ふる役は仏五右衛門(2)（花嬌）
瘦《ヤセ》骨《ボネ》のふし〴〵しみる風吹て（子盛）
彼岸の鐘のどひやうしに(3)鳴る（一茶）
豆腐《トウフ》殻《ガラ》花のさかりに(4)けぶりけり（花嬌）
大薙刀《オオナギナタ》にかゝる春雨《ハルサメ》（子盛）

鶯の鳴《ナキ》ゆく方《カタ》へ船引《ヒキ》て（花嬌）
爺の建《タテ》たる蔵に注連《シメ》張る（同）
なでしこの花すり衣きる時ぞ（一茶）
念《ネ》仏《ブツ》申《モウシ》て蚊に喰《ク》はれけり（花嬌）
白《シロ》水《ミズ》をざぶりとかける門《カド》畑《バタケ》（文東）
節句序《ツイデ》に嫁《ヨメ》披《ヒ》露《ロウ》する（一茶）
薄縁《ウスベリ》のうらにをかして（く）(5)物書《カイ》て（花嬌）
車ざくれ(6)の師走《シハス》なりけり（文東）
寒《カン》菊《ギク》をむりに咲《サカ》する枕元《マクラモト》（花嬌）
鳩の来ぬ間に針《ハリ》供《ク》養《ヨウ》せん（文東）

名月の出雲《イヅモ》の国にふみこんで（一茶）
菜さへ松さへ露唄く（臭）(7)なる（花嬌）
秋風に小言《コゴト》ぎらひの西隣（文東）
六所《ロクショ》(8)参りのかたいやくそく（一茶）
かばかりの垣《カキ》ほと(9)（も）花となりにけり（一茶）
陶《トクリ》の穴も霞になびく（文東）

【註】

（1）幣――麻、木綿等を切って垂らしたもの。神に祈る時に捧げ、また祓《ハラ》いに使う。
（2）仏五右衛門――『奥の細道』日光の条一五ページ、山本健吉〔講談社、昭和六十四年〕に仏五左衛門《ホトケノゴザエモン》の名が見える。正直一点張りの人物。
（3）どひやうしに――調子はずれに。
（4）さかりに――「木隠に」『文化句帖（補遺）』による。

(5) をかして――「をかしき」『文化句帖（補遺）』による。
(6) 車ざくれ――車のわだちの跡で道が掘れてしまうこと。越後方言。
(7) (臭) く――『文化句帖（補遺）』により訂正。
(8) 六所――諸国の国府に六つの神社を合祀したものを六所の宮といい、特に武蔵府中の六社明神は有名。
(9) (も)――『文化句帖（補遺）』により訂正。

花嬌の発句「かい曲り……」は対潮庵庭前の景色か。かい曲っている藤を寝てながめ、その花を愛でる。ついで即題で数句詠まれているが、ここでは花嬌と一茶の句をあげる。

蝶とぶや草おぼゆれば日の暮《クル》る　（花嬌『文化三―八年句日記写』）

蝶とんでかはゆき竹の出たりけり

（一茶『文化六年句日記』、ただし文化元年三月八日に出句）

翌六日も人数を多少差し替えて句会を木更津市東岸寺でつづけた。花嬌と一茶の句の重要なもののみあげる。

蝶とぶや此世《コノヨ》に望みないように　（一茶『文化三―八年句日記写』）

蓑虫は蝶にもならぬ覚期《（悟）》哉　（同）

――所詮現世ではとげられぬわが思いと、絶望の嗟歎を胡蝶の悲恋の舞に托し、さらにこの想いをついにふかく秘めたままこの地を去る心根を蓑虫に託した〔大場〕。

有明や隣の雁も今かへる　（花嬌『文化三―八年句日記写』）

春雨やせゝり過《スギ》たる前の川　（同）

結局富津市内には三月三日から十二日までいて、さらに富津市金谷に行き、そこから十三日に鋸南町元名に移り、十四日には再び金谷に行き、十五日には富津市竹岡（百首）より舟で浦賀に渡り、横須賀まわりで江戸に帰着した。

この後五月に柏原に入り、遺産相続についての新提案を持ち出したため、交渉はたちまち紛糾してしまった。そのためすぐには江戸を引き払うことができなくなった。翌文化七年（四十八歳）二月に入って七日間ばかり下総へ、また三月から四月にかけて再び下総へ出かけて四月十三日に江戸に戻った。ところが帰来するとすぐ、思いもかけず花嬌の訃報を知らされた。おそらく慟哭し、虚脱に陥ったであろう。この江戸帰着の翌十四日から月末まで日記には晴雨の記録しか残されていない。これはショックの大きさを示しているものである。おそらくはうつろなまなざしで、毎日〳〵はるか富津の空を見やっていただろう。徳阿や文東、雨十等の思い出も色あせてしまった。

生きて居るばかりぞ我とけしの花　（『七番日記』文化七年四月）

今まで江戸を離れがたく思っていたのは、上総通いの舟に乗ればたった一夜で、花嬌のいる富津に行けるからであった。

五月十日。遺産相続の話しあいを続けるため柏原へ向けて発った。旅をゆっくり続け、十八日に柏原に入ったが、実家を素通りして、野尻に一泊し、翌日柏原に行き墓参。実家を訪れた。しかし話しあい（というより談判）は不調に終った。翌日柏原の旅籠に一泊、それから信州各地の門弟宅をまわり、六月一日に江戸に帰った。そして遅ればせながら、花嬌の菩提を弔うため、七月十一日の夜舟に乗り、翌朝木更津に着く。そのとき旅館「川島屋」で起きた盗人捕縛一件を「床下の梁山泊」という文にまとめた。

川島屋とてあまり広からぬ旅人宿ありけり。床の下にいつ入けん、盗人住て長持の下あたりをかり〳〵と音するに鼠のしわざならんと等閑《ナオザリ》に棄《ステ》おきけるが、日を重てやまざりしかばいさゝかいぶかしく、板敷打放して隅〳〵捜《サガ》しけるに蟾のはらばうやう跼《ウツクマ》りてさらに逃もせざりければ、折かさなりて終《ツヒ》に捕《ト》りけり。いにしへは梁山泊＊、又は鈴鹿山など人通ぬ堺に入て荒熊と穴を同じく住ひ、仏法僧を友とするたぐい昔咄《バナシ》に聞侍る。今はかゝる市中に交りをむすぶにや。（『七番日記』文化七年七月）

＊梁山泊――『水滸伝』で著名な砦。

十三日　富津大乗寺に泊る。花嬌の百ケ日に悼句を作る。

草花やいふもかたるも秋の風（『七番日記』文化七年七月）

蕣《アサガオ》の花もきのふのきのふ哉（同）

十四日　施餓鬼

十五日　風雨強し。桜井(1)の人三人、舟にて死。

十六日　風雨。午刻雨止。風不止。

夜奥州男五十歳（原典では才）計旅人。荒井村(2)宮の木に首くゝり死。

同夜坂田村(3)、妙見別当青蓮寺弟子　同村の男三人殺して逃去。

（『七番日記』文化七年七月）

【註】

（1）桜井——富津市内。

（2）荒井村——富津市荒井。

（3）坂田村——千葉県君津市の内。妙見は人見妙見。両総六妙見のひとつ。

八月一日まで富津に滞在する。富津に十八泊したことになるが、饒舌な一茶が百ケ日のこと以外になにも触れていない。しかし仏前に捧げた先の二句が一茶の気持を雄弁に伝えている。これについて瓜生卓造は、以下のように書いている。

一茶は花嬌の思い出は誰にも喋りたくなかった。自分一人の胸に秘めておけばよかった。話して通ずるものではない。胸のうちが楽になるというものでもない。他人には決して理解できない気持。掌中の珠は、いつまでも掌に握っておけばよかったのである。花嬌のいない富津を、いったんは意味ないものと思ったが、富津にくればやはり花嬌の面影が沁みていた。一茶はふたたび富津に惹かれるようになった。

（『小林一茶』一三五ページ、角川書店、昭和五十四年）

文化八年（四十九歳）、六月二日舟で江戸を発ち、三日に木更津に着き、そこで四泊する。七日は富津市大乗寺に泊まり、花嬌の墓に詣でる（この花嬌の墓所は、文化財に指定されている）。ことしは花嬌の一周忌にあたる。しかし祥月命日の四月三日はすぎている。

墓原《ハカハラ》や一人くねりの女郎花《オミナヘシ》（『七番日記』文化八年六月）

けふ切の声を上《アゲ》けり夏の蝉（同）

北小路健は、この二首について、独自の解釈を行なっている。

一茶は大乗寺の墓地の間にくねり咲いている女郎花の上に、花嬌の面影を偲び、声をかぎりに鳴いている蝉の上に、おのれの歎きを二重写しにしているのである。

（『一茶の日記』一二〇ページ）

このときの大乗寺泊まりは幾日間であったのか。十日間という説がある。しかし日記からはそう読みとれない。七、八、九、十日はそうであろう。しかし十一日には松緑館に移ると日記には書かれている。しかも十日には徳阿が（一茶に会うため）木更津に行っている。松緑館は前後の文章から考えて、木更津にある。ここは宿泊所ではないのか。しかしその後再び大乗寺にもどっているのは、十六日の「歯一本欠くる」（後述）の文章からわかる。どっちでもいいような事柄だが、一茶研究家にとってはきちんとしておきたいことであろう。翌十七日、子盛と共に舟で南下し、富津市竹岡（百首）に行く。『七番日記』同年五月および『我春集』同年に出ている「頑固な老婆」（後述）の文は、このときの見聞をまとめて前の方に入れたものといわれている。竹岡以後近在をあちこちまわり、七月十日には子盛宅に泊まり、その後も木更津等に泊まって、七月二十九日に江戸に帰った。六月三日からの長い上総の旅であった。

文化九年四月三日は、花嬌の三回忌である。それは大乗寺でおこなわれたであろう。かねてから一茶はこの法要に招かれていた。

また花嬌追善会については、日記に「四晴　北風吹　未刻より雨終夜不止花喬（嬌）追善会」と書かれている。そして『七番日記』（文化九年四月）と『株番』巻二（文化九年の一年間の句文を記したもの）に「**目覚しの牡丹**《ボタン》（七番日記ではひらがな）**芍薬でありしよな**」「**何ぞいうはりあいもなし芥子花**《ケシノハナ》」等の秀句がよせられている。この「目覚しの……」の句の前半は、故人や遺族への挨拶であるのが、俳句の常識である。とする意見もあるが、ここはやはり花嬌に対する真情をありのままに表白していると考えたい。それにつづいて、「当日探題《タンダイ》」で一茶が三句、花嬌と親しかった貞印尼（大乗寺にいたらしい尼僧）が二句詠んでいる。

三粒でもそりゃ夕立という夜哉
夕立やけろりと立し女郎花《オミナヘシ》
夕立の天窓《アタマ》にさはる芒《ススキ》哉　（以上、一茶）
うれしさよ児《チゴ》の袷《アハセ》の短《ミジカ》さよ
青天の清水流れてかんこ鳥　（以上、貞印）

十日から花嬌集撰述のため、大乗寺から織本家に移る。

梅がゝの甚しさも一夜哉

春風や女ぢからの鍬《クハ》に迄

用のない髪と思へど暑哉

名月や乳房加へて指《ユビサ》して　（他二句、以上『随斎筆紀』文化九年四月）

――「春風や女ぢから……」夫の嘉右衛門没後は菜園など耕すこともあったのであろう。夫のために妻は髪かたちを整えるが、未亡人には用のない髪だ。とは思うものの、さすがに子女ある身は髪を剃って尼にもなりがたいこころを「用のない髪と思へど……」美形なれば世の人もとかく捨ておかない煩わしさを、「暑さかな」と寓したものか（大場）。

彼が柏原へもどる前にぜひやっておきたかったのは、既に記したように、この花嬌の歌集と追善集の編集を自分の力でやりたいということである。四月十二日にこれに着手（『七番日記』に五月十二日と記すのは、四月の誤り）。五月三日に終えた。この日大乗寺に泊まる。家集追善集の書き損じの表紙が『随斎筆紀』の巻頭部分に使用されているそうである。それによると追善集の名は『追善迹錦《アトニシキ》』であったらしいとのことである（矢羽勝幸『一茶大事典』七一〜七二ページ）。八日には舟で江戸にもどった。一茶は花嬌がかつて住んでいた織本家に長逗留してこの仕事に打ち込んで終らせた。ここで転機が具体的に訪れた。もうこれ以上江戸にとどまる必要はない。

十一月十七日に帰国の途につく。

文化十年（五十一歳）、遺産問題が解決し、翌十一年に結婚し、江戸引退の挨拶のため出府、九月三十日より富津に七泊する。同十二年再び十一月三日より富津に六泊。その翌年は花嬌の七周忌にあたるが、長男の死を始め、いくつかのもめごとのため出席できない。そこでつぎの年（文化十四年）五月五日より富津に行き、大乗寺に一泊し、同所の花嬌墓前に「悼」の前置きをして「**露の世は得心ながらさりながら**」の句を捧げる。この句の頭に「秋」

が付いているが、これが何で添け加えたのか。大場は単に『季がちがうから』と記載している。さらに一茶は花嬌旧庵（子盛宅）に六日から五泊する。これが富津への最後の旅であった。

七日にミヽヅ貝を拾い、八日にこれを舟で送るように頼んでいる。おそらく花嬌の思い出として故郷に持ち帰ったのであろう。ミヽヅ貝は、ムカデガイ科に属し、殻色はみみず色。海綿中に群居したり、珊瑚《サンゴ》などに著生する。彼はミヽヅ貝の美しさについて、文化九年四月、すなわち花嬌の三回忌に出たとき、『七番日記』に書いている。以下はその一部である。

上総国富つ《(津)》の浦に耳つ貝といふかひ有けり。日〳〵いく舟ともなくとりて、老若男女群がりて小刀やうのものもて中の実をほり出しつヽ石なごの玉のやうに乾して唐の問屋におくるとぞ。其殻そこら〔に〕ちらばひ有けり。赤〔き〕はつヽじの咲乱《ミダレ》たるごとく、白きは雪の吹ちるに等しくて、ほと〳〵春の山辺の景色に似たり。此ものたまたま木曽の片辺などに持ったへたる物を見るに、ひとつ〳〵綿につヽみて深くひめ置《オキ》て、かりそめの戯に箱開く事なく、雛の日、又は晴々しき祭りやうの時、いざと取出して手入皿《テシホザラ》といふものにして賓客をもてなす第二の器とす。しかるに、此所にては此殻のせんすべなく、境目〱の垣際に不二やうにつみ累《カサネ》て、折〱のあらしの風へらす時を待《マチ》、或は大道に引ちらして牛馬の蹄《ヒヅメ》にふみくだかしむ……。

富津の浜で、背を丸めて貝殻を拾う老残の一茶の姿が侘しげである。

瓜生卓造は、昭和五十四年以前（おそらく昭和五十三年）に、花嬌の子孫（織本家七代目）の哲郎氏を富津に訪ねた。

瓜生は哲郎氏から花嬌の遺墨を見せてもらった。『すみれの袖』と題する文集で、貞印（前掲）ら女友達と出かけた成田、江戸への小旅行の紀行文。水茎の跡鮮やかのうるわしい筆で、「春の空やう定まりて、木瓜あざみ、折り知り顔に開く、蝶、雉子、身軽人見ゆるものから、頻に心空になりて、和やかなる君三、四人誘いつつ、二月二十二日、宿を後になして、浦伝ひゆく……」にはじまり、「所々、そこはかとなく、女文字して書きつけ侍りぬ」という結びまで一分のスキもない見事な擬古文だそうである。一茶の憧憬の人にふさわしいものが感じられ、みめかたちの美しさも想像されたと瓜生は書いている。

哲郎氏は、「一茶が浄書した花嬌の遺稿がありました。一茶は肌身はなさず持ち歩いていたといいます。昭和のはじめに相馬御風さんが、柏原で見たそうですが、今は行方知れずになってしまいました」と話した。瓜生は一茶について、何か伝わることはないか、と訊ねた。「別にありませんが、風呂に入って女中が手拭をもっていったら、越中で拭いた、といったそうです」と哲郎氏は笑いながら話した（瓜生卓造『小林一茶』一三六～一三七ページ、角川書店、昭和五十四年）。

第三章　一茶が若き日に愛した女性――浦賀の思い出

浦賀行きには、一茶にとって大きな思い出があるのではないかと、多くの一茶研究家は書いている。それは若き日、おそらく二十歳あるいはそれ以前であったろうか。いまは亡き一人の女性に対する愛の物語があったと言われる。

『文化句帖』三年六月には、浦賀行きについて書きとめられている。

六月一日　晴　浦賀に渡。白毛黒くなる薬くるみをすりつぶし毛の穴に入。

涼風もけふ一日(1)の御不二哉

同二日　晴夜雨。

夕立の祈らぬ里にかゝる也

同三日　晴　東浦賀淵先町専福寺へ参る。

香誉夏月明寿女　天明二〔年〕(2)六月二日没。

同四日　晴　金川青木町さのや五良兵衛に宿泊。

【註】

(1) 富士山信仰では、六月一日を祭日としている。

(2) 天明二年は一七八二年。現在専福寺の過去帖、墓地にはこの戒名の記録はみあたらない由(脇本昭太郎氏報)。この一因は、明治に専福寺が焼け、その際に古い過去帖も焼けてしまったことにある。天明二年から数えると、二十五周忌に当たる。しかもこの浦賀行は墓参の目的以外は考えられない。なお淵先町と記したのは一茶の誤りで、実際は洲崎町、現在の横須賀市東浦賀町である。

おそらく二十四年前から一茶は浦賀に旅をして、この女性を見初めたと思える。そのとき彼女は一茶と同年か、あるいは少し下ではなかったかと研究者たちは考えている。二人の出会いがどのようになされたかについては資料はない。しかし二十五回忌にあたる年を月日まで記憶してわざわざ墓参に来るほど、彼の心に深く残る女だったのである。

二人は江戸で知り合ったのではなく、女性はずっと浦賀在住の人で、一茶がこの地に旅した折に知り初め、熱い想いを燃やしたものであろう。それではなぜ一茶が浦賀あたりまで旅してきたのか。十五歳で出郷して江戸稼ぎを目指し、ともかくも江戸のどこかに奉公していたはずだ(前述)。普通なら、奉公人が、そんなにひょこ〳〵と旅ができるわけがない。誰か宗匠のお供をして出向いたのであろうと考えるのが、いちばん自然のように思われる(北小路健『一茶の日記』一二九～一三〇ページ)。

それは蓼太か竹阿であったろうと想像できるが証拠はない。しかし浦賀から三浦半島にかけては、葛飾派の地盤で、馬光、素丸、元夢、竹阿等の吟行がしきりであった(瓜生卓造『小林一茶』一二九ページ)。したがって先記したように、宗匠のお供であったことは、ほぼ間違いはない。そしてこの女性も俳人であったろう。法号の香誉は真宗の誉号であり、院号は大姉ではないから、家柄は普通であったか、あるいは年少であったからであろう。六月の死亡だから夏月明なりとした。寿とあるから、俗名は「とし」、「ひさ」であろう。

——なお浦賀には一茶の俳友で鳥陽楼素柏*がいるが、一説ではこの人の姉妹か、ゆかりの女性であろうとしている〔大場〕。

＊素柏の本名の苗字のつづりは、書物によって、三通りに書かれている。瓜生（『小林一茶』）は、「宮原」、「宮沢」。矢羽勝幸（『一茶大事典』）、大場俊助（『一茶の研究』）は、「宮井」。『知交録《チコウロク》』（『一茶全集』第七巻、信濃毎日新聞社）は、「宮原」である。なお名前はいずれも与右衛門。

仮に素柏の娘だとすれば独身ではない。何故ならば宮沢家（素柏の本名だと仮定して）は日蓮宗で、墓地は浦賀の法華寺にある。したがって彼女は既婚でないとおかしい。くどいが、これはあくまでも彼女が宮沢家の娘であった場合の話である。

戒名からの別の推察として、瓜生は「ナツ」または「アキ」という名前だったかもしれないと書いている（瓜生卓造『小林一茶』一三〇ページ）。

残されたわずかな文から神奈川の一茶とこの女性との関係をこれ以上詮索することは不可能だが、私たちの想像としては、一茶と同年齢あるいはそれ以下の美しい独身の娘で、しかも病弱であったろう。おそらく宗匠にかいがいしくつきしたがっている一茶に好意を持ち、あたたかく接してくれたのであろう。素柏の娘ではないとしても、俳句好きの（おそらく真宗の）家主の、心のやさしい娘であったろう。

第四章　一茶が好意をもったもう一人の女性

三月二十八日下総に杖促《ウナガ》さんとする折から、春の名残り棄がたく、三巡り(1)の堤にかゝりてそこの宝寿山長寿寺(2)に参る。塚有。「西行に雨の宿かせ時鳥　亡夫左茗」として「妻妙葩建之」と石にえりつけぬ。すべて女は髪のかざり、衣の粧《ヨソホ》ひにのみ心を労するは常也けるに、思いきや菩提《ボダイ》はさら也、夫の名をさへ長く弘《ヒロメ》んとは。世にあるうちも必《カナラズ》松柏の操守りて、をし(3)の衾《フスマ》のむつまじからんと思いやられて、かすみがくれの桜、闇にまがはぬ梅のそれとはなつかしく覚へ《(え)》ける。そして、左茗句煬を写しとる。

(『七番日記』文化七年三月／ほぼ同文が『文化三―八年句日記写』にもある)

【註】
（1）三巡り――江戸向島の三囲神社。
（2）長命寺――向島に現存。天台宗。
（3）をし――鴛鴦。夫婦仲のよいたとえ。

一茶は文化七年三月に、下総に行く道すがら長命寺に立ち寄った時に、花嬌のイメージにピッタリする女性を発見する。と言ってもその女性に会ったわけではなく、その女性の亡夫の塚をみたときにそう感じたのである。

大場は昭和三十五年に長命寺境内を探した。しかし左茗句塚は現存しなかった。住職の小林氏も見かけた記憶はないという。左茗・妙葩についても、どこの人かも不明である。

――左茗・妙葩と夫婦そろって俳号を記すからともに俳人で、夫婦趣味をおなじくし、ともに風流に生きたのだ。妻は夫の俳諧を解し、かつ愛して、その歿後も句碑を建て、ながく夫の俳名を伝え、世にひろめようとする心づかいもゆかしく、夫にそそぐ理解と愛情の深さがしのばれる。髪飾りや衣装にのみ心をつかう世の常の女性と異り、夫の菩堤を弔うのみか、その名をながく世にひろめようとする志の深さ、生前の貞節・愛情も思いやられてなつかしく思われる。われにもまた妙葩のように夫の文学を解しかつ愛し、夫の歿後もその名をながく世にひろめようとする女性にめぐまれたいと思う。左茖の名はたとえ世に伝わらないにせよ、生涯、愛した妻におのが文学を理解され、かくも愛惜されることは、この一事だけで世に生き、文学を志した甲斐がある。……一茶は妙葩に妻の理想像を発見して感動する。このイメージにぴったりするもう一人の女性、富津の花嬌のイメージを思い浮べている。あの花のように美しく、俳諧にすぐれ、かれの俳諧をよく理解しかつ愛好する花嬌の俤だ。……かれは妙葩の想像的イメージのなかに、花嬌の実在的イメージが重なり、そのダブル・イメージに理想の女性像を見つめているのだ〔大場〕。

大場は、一茶の文章の意訳に併せて、大場自身が画いている妙葩と花嬌のイメージを記載している。ところで、実際に一茶は、長命寺で左茖塚を見たのであろうか。第一部で触れたように、一茶の文章はしばしば事実を事実として叙述していない。むしろその美文仕立ての文章や脚色は事実を歪めたり、排除したり、ないことをあったように書く。その傾向は俳句にもみられる。しかし、このときは実際に一茶は長命寺で左茗塚をみたと思えるが、どうだろう。

第五章　その他の女性たちをうたった句

今まであげた女性たちの句や物語以外にも、一茶は女性たちをうたった句がかなりある。(連句を入れて百七十以上)。勿論、二万近い彼の句の中で比較すれば多いとは言えないかもしれないが、他の俳人たちの句の数と比べると極めて多いと言える。これらの中には勿論駄句もあるが、他の研究者たちが取り上げていないものの中に、紹介しておきたいものが随分あるので、ここに記し、論評を加えた。

最初のいくつかの句は、寛政四年から同十年までのものであるが、月の記載はない。この時は西国に旅していたので順序が逆になっているものもある。

嫋《タオ》女《ヤメ》を日〱にかぞへる春日哉　(『寛政句帖』寛政五年)

婿女とは、しなやかな女とかやさしい女の意である。一茶はこの時三十一歳、一月より熊本八千代市で正月を迎え、以後年内は九州各地をまわる。月日の記載がないので、どこでいつこの句をつくったのかはわからないが、とにかく春先である。あたたかい日ざしの中をたおやかな、やさしそうな娘たちが次々と一茶の前をとおりすぎてゆく。畑仕事に行くのであろう。見ているだけで楽しくなると、彼は眼を細めて見ているに違いない。

草摘《ツム》や妹を待たせて継きせる（煙管）（『寛政句帖』寛政五年）

旅先で知りあった女である。あるいは娼婦か。「継きせる」とは、普段はふたつにして懐中に入れ、吸うときに継ぎあわせて使う煙管《キセル》のことである。今ちょうどそれを継いで煙草を吸っている所。女は草を摘みながらそれをながめている。一茶が女性を連れ歩いたという記録はない。したがって旅先で知り合い、一夜を共にしてくれた女性と考えられる。妹とよぶのだから、まず間違いはない。そして朝がきて、道案内でついて来てくれたのであろう。一茶はもうしばらく一緒にいたいと思っている。いい句である。実はこの句と一対になっているのが、娼婦の所であげた「きぬぐやかすむ迄見る妹が家」（第二部第一章四三ページ参照）である。

鹿の声わか孀《ゴケ》等《ナド》になげゝとせ（『寛政句帖』寛政五年）

〝きぬ〴〵……〟の句もそうだが、一茶の思恋の句には和歌のもじり（パロディ）が目立つ。出会った女性は少なくないはずだが、その大方は片思いだったに違いない。それだけに、歌語を凝して恋の句などを案ずる様子が、おかしくもまたあわれである。

（金子兜太『小林一茶〈漂鳥〉の俳人』七二ページ）

青すだれ白衣の美人通《カヨ》う見ゆ（『寛政句帖』寛政五年）

夏の句であろう。白衣をまとった美女が通うのを、すだれごしに一茶は眺めている。この女をどうこうしようと思っているわけではない。またできるわけもない女性であろう。彼女が誰に会いに行くのか、何故白衣を着ているのか、わからない。しかし一茶はこの白衣の女性を幾度も見ているのに違いない。だから彼女がとおるのを「通う」と表現しているのである。また「青すだれ」の意もわからない。単につくられて間もないすだれの意か。それとも一茶は何か別の意味をこめて「青すだれ」としたのか。おそらくこの女性があまりにも清々しく美しいので、それを強調するために「青すだれ」としたのかもしれない。

思う人の側に割込む炬燵哉（『寛政句帖』寛政五年）

エロティックなよい句である。この年の十、十一、十二月のいずれかにつくったものであろう。この句には「思恋」の前書が付いている。これは題詠で、この「思恋」に合わせて作句した遊びの句で、実在の女性がいて、彼女への一茶の想聞歌というわけではない、という意見もある（半藤一利『一茶俳句と遊ぶ』一六ページ、ＰＨＰ新書、平成十一年）。

しかし私には実際にあったことをうたっていると思える。毎度のことだが、旅先で気に入った女ができ、炬燵に割り込む思恵によくすることができた。そこは一茶のことだから、女の太股の間に足をのばしているに違いない。彼は眼を細め、よだれをたらしているであろう。女に手酷く拒否されていたら、こんな嬉しさにあふれた句をつくれるわけがない。この後も上首尾にいったことが想像できる。しかしあまりにも露骨な表現なので、多くの専門家には好かれない作品ではある。

松陰におどらぬ人の白さ哉　（『享和句帖』享和三年八月）

村の祭りの踊りの中である。この句の女性はその輪の中に入らず、松の木陰でそれを見ているのであろう。それとも誰かを待っているのであろうか。白い顔あるいは白い衣が浮んでいる。実はこの句のすぐ後に花嬌への恋心をうたった「梅一枝《ヒトエ》とる人を待つゆうべ哉」がある（第二部第二章九四ページ参照）。したがってこの女性は花嬌かもしれない。それとも青すだれごしにみた白衣の美人か（前掲）。花嬌だとすれば、この地方きっての名家の未亡人が、輪の中で踊るとは考えられない。他の女性としても、高い身分の家の人で、松陰にかくれて踊りをながめていることはありえよう。一茶は彼女が花嬌だとわかっていたのかもしれない。忍びで見に来ている彼女に声をかけてはいけないと思っているのだろう。

文《フミ》月《ツキ》をふみ〳〵踊る娘〔子〕のも《(裳)》引《ヒキ》袖《ソデ》引《ヒキ》夜《ヨル》明《アケ》わたる
（『文化五・六年句日記』文化六年八月）

陰暦七月の夜、草、花、木片をふみながら美しい娘は一晩中踊る。その裳や袖を引っぱるのは男たちである。しかし娘は彼らに眼もくれない。もしかすると、意中の男を待っているのかも。一茶の俳諧歌には、男女の性、愛をうたったものはきわめて少ないが、これは出色の作品である。「文月をふみ〳〵踊る」という表現と、その後に来る男たちの動作、そして「夜明け」に至る表現まで、句は一気にうたいあげている。

かはほりにはたして美人立《タテ》りけり（『七番日記』文化七年四月）

「かはほり」のひとつの解釈は、「こうもり」のこと。文政六年三月には、夜たかをうたった「かはほりや夜たかゞぼんのくぼみより」（『文政句帖』）、また文政七年五月には「かはほりに夜ほちもそろり〳〵哉」（『文政句帖』）、同じく「かはほりや夜ほちの耳の辺りより」があって、このうちの二句は既に第二部第一章の「三　女郎をうたった興味深い句」の中に記載した。一茶は「かはほり」を書き入れるのが好きで、これら以外にも「かはほり」を入れた句を『七番日記』だけでも九句ある。

さきの「かはほりにはたして……」とは何のことか。「果して」の意ではないとすれば、「うしろに」とか、「したがえて」の意か。それとも思いきった意訳だが「こうもりのとんでいる川端で」か。いずれにしても、夕ぐれの一時にこうもりのそばに美しい女が立っているとの解釈でよい、か。ここではこうもりを不吉なものとか、いやなものとは考えてはいないようである。他の解釈としては、扇がこうもりの羽をひろげた形に似ていることから、かはほりは扇の異称でもある。そうだとすれば、句の意味はかわってくる。四月でもかはほりと蚊を入れた作品はいくつもあり、すでに記した。だとすれば、「扇であおぎながら、夕ぐれに誰かを待って美女が立っている」となり、この方がわかりがいいが、どちらであろうか。

早乙女《サオトメ》や箸《ハシ》にからまる草の花　（『七番日記』文化七年六月）

早乙女とは、田植を行う少女のことであり、むかしから数々の詩歌でうたわれてきた。一茶の句にも早乙女をうたったものがかなりある。その中にはえげつないものもあるが、これは品がよい。早乙女が一仕事終えて昼食を取っている所であろうか。その箸にどうしたわけか、側に咲いている草の花がからまってしまった。そこで一寸手を休めて花を見詰めている。可愛いらしい娘に違いない。横書に「螢　夕立　田植」と記されている。この句の次に「けいこ笛田はこと〴〵く青みけり」と書かれた佳作が載っている。なお日記の六月四日には、未刻に大夕立ちがあって、日本橋久松町で老女が辷り倒れたという記事を載せている。また興味深い一文をつけている。

けふ巳刻。東〔本〕願寺（1）御柱立御規式（ママ）なりとて、老若男女群集して人に勝る桟敷《サジキ》とらんといどみあらそふ。漸々《ヤウヤウ》堂の片隅かりて踞《ウヅクマ》る。柱三本に素木綿《シラユフ》巻《マキ》つけて、三所におの〳〵青紅白の大幣《オホヌサ》神〴〵しく、黄紅のかゞみ餅をかざりて棟梁は烏帽子かり（狩）衣、其外素袍《スハウ》大紋きたる大工廿人ばかりも居並びつゝ大祓《オホハラヘ》を唱へぬ。彼《カノ》宗派（2）は雑行《ザツギヤウ》（3）とて忌む事也。其源としてかゝる祭するは深き謂《イハレ》あるなるべし。

（『七番日記』文化七年六月）

【註】

（1）東〔本〕願寺――江戸浅草東本願寺。

（2）彼宗派――浄土真宗。

（3）雑行――浄土宗及び浄土真宗では念仏を正行とし、そのほかを雑行としてしりぞける。したがってこの宗派の式典で神道の大祓を唱えたのが一茶には不審だった。一茶はこの宗派の教義に通じている。その理由は、彼の出身地の長野県上水内郡（北信濃）が浄土真宗の普及している所であり、彼の父も熱心な門徒であったからである（柏原だけでも、一茶が没した翌年の一八二八年で村民七百八十六人のうち六百六十人が門徒）。

おちば焚く里やいくたりかぐや姫　（『七番日記』文化七年十月）

既に紹介したが、売春婦をかぐや姫になぞらえてうたったものがあったので、当初私はこの句も売春婦をうたったものと思ったが、「おちば焚く里」と彼女たちが「男たちの相手をする場所」とが、何となくしっくりこないので、ここで言う「かぐや姫」は、売春婦のことではないのかもしれない。だとすれば、野良仕事の合間に焚き火で暖をとっている娘たちか、あるいは行商の女たちが歩みをとめて暖をとっているのか、いずれにしてもかぐや姫たちと呼ぶくらいだから、可愛いらしい娘たちに違いない。

婆《バ》ゝ《バ》どのが酒呑《ノミ》に行く月よ哉　（『七番日記』文化八年七月）

婆さんたちに何かよいことがあったのだろう。おそらくうたをうたいながら、そぞろ歩きをしつつうちそろって居酒屋に酒を飲みに行く。月がこうこうと照っている。もういくらかきこしめしているのかもしれない。一茶はわざわざ彼女らを「婆どの」と呼んでいる。もしかすると、婆どのたちが助けあって赤ン坊を取り上げたのかもしれない。いい句である。この後の八月に「名月や女だてらの居酒呑」（『七番日記』文化八年八月）があり、やはり月をめでて一杯やりにゆくのをうたっているが、しかし前の句の方がずっとよい。これ以外にも婆をうたったものがいくつもあり、その都度解説するが、いずれも婆たちをあたたかい眼でみているものばかりである。きっと一茶の心の中には、彼が子供のとき可愛がってくれた祖母、また三歳の時死別した生母への思いが影響しているのだろう。そしてもしかすると祖母もお酒好きだったのかもしれない。

夕顔の花で洟《ハナ》かむ娘かな　（『七番日記』文化九年五月）

可愛い娘さんが夕顔の白い大きい花で洟をかんでいる。ほんのり丸い顔に、そして鼻の頭に花がはりついた。五十男一茶の、娘にかける愛憐の情が色濃く出ている。この句は、その後いくどもつくりかえられている。まず〝蕣《アサガオ》の花で鼻かむ女哉〟（『七番日記』文化九年八月）、〝夕顔の花にて洟をかむ子哉〟（『風間本八番日記』文政二年六月）、〝夕顔の花で洟（て）かむおばゝ哉〟（『おらが春』文政二年、月不明）。しかし、いずれをとっても、〝……娘かな〟に如くものぞなし、だ。〝洟かむ娘〟がいいんですね。夕顔の白い大きい花と、こころにくいほど、よく合う。ただこの作品でも、娘のお色気というものは感じられませんね。

（金子兜太『小林一茶――句による評伝』一三〇ページ、文章の一部分の排列変更）

私はしかし金子と違い、この句から色気を感ずる。それは「娘」を「女《ムスメ》」にかえればもっとはっきりする。娘は男との逢瀬をたのしんだ後で、花で顔をふき、洟をかみ、もしかすると、別の花でそれ以外の部位もふいていると思っているが、げすのかんぐりか。そうでなければ一茶の句にはふさわしくない、と。

董《スミレ》咲《サク》川をとび越す美人哉（『七番日記』文化十年四月、ただし五月部）

句の上に春と記されている。類句に「やこらさと清水飛こす美人哉」（同）がある。いずれも色っぽい。しかし、「やこらさ」よりも「董咲川」の方ができ映えははるかによいと言えよう。後段の「川をとび越す」と「清水とび越す」には大差はないと思うが、句の専門家には別の考えがあるかもしれない。とにかく美人が着物の裾をまくって川ないし清水をとび越すという着想はいかにも一茶らしい。しかしこれは彼の想像の世界のことかもしれない。彼が美人のこうしたあられもない姿態や動作を句にしているものは以外に多い。例えば「春雨に大欠《アクビ》する美人哉」（『七番日記』文化八年正月）、「がさがさと粽《チマキ》をかじる美人哉」（『七番日記』文化九年五月）、「ちる花や今の小町が尻の迹」（『七番日記』文化十年正月）、「大川へ虱とばする美人哉」（『七番日記』文化十四年六月）等々。

蚤の迹《アト》それもわかきはうつくしき（『七番日記』文化十年四月）

これは美少年をうたったものかもしれないという見解がある。その根拠のひとつは、彼は美少年をうたった句をかつてつくっているからである。「**秋風やあれも昔の美少年**」（『七番日記』文化七年七月）。この作品は、自分の年齢を歎じている作品といわれるが、これは唐の夭折の詩人、劉希夷の詩の中に「此の翁、白頭、真に憐む可きも伊《コ》れ昔、紅顔の美少年」という部分があり、一茶はこの詩を知っていたので「あれも昔の美少年」と付けたのだが、私の印象としては、この句との関連で「わかきはうつくしき」を美少年をうたったものとは考えられない。やはりすなおに少女をうたったとみる方が自然ではないだろうか。そして恐らく娘が身体を洗っている所を見て、その膚の美しさに感じいると同時に、蚤にくわれてポチポチと背中や脚に迹がついているのを見て、これも奇麗だと感じたのであろう。川島つゆは、これは珍らしい官能描写だと評し、方一寸の皮膚から若さを発散させている。「ぶとのさすその跡ながらなつかしき　嵐雪」などの比ではない、とまで記している（川島つゆ『一茶集』三四一ページ）。

なお余談だが、この年十一月廿七日に赤沼（長野市）の清左衛門の息子利左衛門が下女イツを犯したが、彼女はそれを恥と思い、家から逃げる。その夜この家および近くの三家も焼亡。翌廿八日女は自殺。これを一茶は漢文にてわざ〳〵書き留めている。この文章で彼は利左衛門の行為を「欲令奸陰」と記している。一茶にとっては彼女の放火よりも、利左衛門の強引な奸陰の罪の大きさを問題にしている（『七番日記』文化十年十一月）。

月さすや娵《ヨメ》にくはさぬ大茄子《ナスビ》（『七番日記』文化十二年八月）

月がこう〳〵と照っている中で、茄子が大きくなっている。それを娵に食わさないとはどうしたことか。あるいは娵に食べさせない程の大きな茄子か。この「娵」を「嫁」に読みかえるべきか。嫁に茄子を食べさせないことのいわれは、「秋なすび早酒《ワサケ》の粕につきまぜて棚におくとも嫁に食はすな」の和歌に基づくという。これを後世、姑に対する嫁と解して、秋茄子は「身体を冷やすから」あるいは「秋茄子は種が少ないので、嫁に食わして子種がなくなると困るから」大事な嫁に食わすな、また逆に「種子が多くて妊みやすいから」あるいは「こんなにうまいのだから憎い嫁に食わすな」等の諸解が生じたという。しかし元来の意は、嫁とは鼠のことであり、粕にまぜた茄子を棚におくと、鼠がねらうから気を付けよ、ということである。しかし一茶がここで言う「娵」は鼠のことをではないと思う。だから意味する所はふたつある。そのひとつは、娵に茄子を食べさせないのは、けしからん習慣だ。もうひとつは、秋の大茄子は嫁の身体によくないから、食わせないのがよい、である。おそらく後者であろう。なぜなら一茶は既に結婚し、一年四カ月たっている。もう子供が欲しくてたまらなかったのかしれない。妻の菊は既に妊娠し、二カ月経過している。一茶がこの妊娠に気付いていたかどうかは不明であるが、気付いていないとしても、二番目の解釈でよい。

縄帯の美人逃すなけさの雪（『七番日記』文化十二年十月）

単に縄帯を巻いている美人とだけ言っているのか、そうではあるまい。一茶のことだから、意味を持たせているに違いない。普通娘は余程の理由がない限り、縄の帯などをしめない。この年九月、『一韓人』『あとまつり』出版のため江戸に出、それから十二月まで房総各地の友人を訪ねてまわっているが、十月につくったとすると、勿論信州のものではない。江戸での作である。ふたつ考えられる。ひとつは乞食の娘である。しかし乞食とはいえ、何か特別の理由がない限り、縄帯などしめないであろう。もうひとつは、おそらくこちらが重要だが、罪に問われているのではないか。罪人は多くの場合縄帯をしめる。美人が縄帯をしめさせられ、縄目につくのは色恋沙汰ではないか。これは穿ちすぎかもしれない。しかし罪人である可能性は高い。その縄つき美女がかごに乗せられず、朝早くに刑場にむかって歩かされている。そして彼女の背に雪がふりかかっている。一茶は精一杯情をこめて、雪に対して逃すなとうたっている。素晴らしい句である。

今一度婆ゝもかぶれよつくま鍋　（『七番日記』文化十四年四月）

類句が風間八番日記、文政三年六月にあり、そこでは「かぶれよ」ではなく「かぶらば」になっている。それ以外は全く同じである。この句がよほど気にいったのか。

滋賀県坂田郡米原町の筑摩《ツクマ》神社の筑摩祭（鍋祭）で、四月一日に氏子の婦人がちぎりを結んだ男の数だけ鍋釜を頭にのせ参拝する祭であるが、今は五月三日に少女が緑の狩衣、緋の袴をつけ、張抜きの鍋をかぶって共奉する。一茶は娘たちだけでなく、婆たちも鍋をかぶって参拝し、踊りまくれと言っている。一茶は封建制度における世間のおしつけなど無視して、女たちも自由にのび〳〵生きよとしば〳〵書いているが、これもそのひとつである。そしてできることなら、婆たちはこれからも男たちと大いに楽しむがよい、と言っている。「今一度婆もかぶれよ」とはよい表現である。

餅つきや女だてらの跨火《マタビ》哉　（『七番日記』文化十五年一月）

この類句が、同日記の前年の文化十四年十二月にある。「木がらしに女だてらの跨火かな」である。「餅つきや……」の方がよい。これは前年の句を下じきにして、「木がらしに」を内蔵したものである。勿論女が跨火をしていることを非難しているわけではない。木がらしの吹きすさぶ中で餅つきを手伝う女たち、当然手のあいている時は、片わらの火ばちで手、足、股ぐらをあたためる。評論家によっては、この「女だてら」を「女のくせに」と否定的にとらえているが、どうだろうか。むしろこれは「女であっても」という意味と思いたい。

かはほりや四十島太(田)も更衣《コロモガエ》　（『七番日記』文化十五年二月）

おとらじと四十島太(田)も更衣　(同)

両方の句とも、上に「夏」の添書がある。

「かはほり」とは、既に記したように、こうもりのこと、あるいは扇の異称である。島太は島田髷のこと。主に未婚の若い娘が結う髪型。四十歳前後の女性は通例は結わない。しかし未婚の女性であれば、その年頃でも結ったのであろう。例えば婚礼の時とか。夏の更衣は、生絹《スズシ》に着かえた。まず最初の句の頭初《アタマ》に何故こうもりをもってきたのか。まさか島田髷を結った四十女がこうもりのようだと言うのではあるまい。この後の『文政句帖』に「かはほりや夜たかゞぼんのくぼみより」(第二部第一章七八ページ、傍点は筆者)や、「かはほりや夜ほちの耳の辺りより」(同)等々、こうもりが肩の近くにとまっていることをうたっている作品があるから、おそらく衣がえをして、美しく島田を結った女のそばにこうもりがとまっている、ということであろう。既に書いたが、一茶はこうもりを悪い意味で記していることはない。次の句にあるように、若い娘に負けじと島田を結い、晴れ衣をまとっている四十代の女をうたったもので、おそらく祝言に招かれたか、あるいは祝言の花嫁かもしれない。

青柳に金平《キンピラ》娘立《タテ》にけり　（『風間本八番日記』文政二年二月）

「金平娘」とは、金平浄瑠璃〔金平は平安後期の武士、坂田金平、坂田の公時《キントキ》のこと。源頼光四天王の一。その童姿は強健と武勇の象徴。金平浄瑠璃は彼を主人公とした浄瑠璃〕に出てくるような荒々しく勇ましい娘のことであるが、この時長女さとが生れて九カ月たっている。きっとさと女が青柳を背にしてすっくと立っている。恐らく金平娘のようにたくましく育ってほしいと願ったに違いない。しかしさと女はこの時から四カ月後（六月）に没したのだが、一茶はこの句をつくった二月には勿論そんなことは想像だにしていなかったはずである。

おのが里仕廻《シマウ》てどわ《(こ)》へ田うへ《(ゑ)》笠
（『風間本八番日記』文政二年二月、五月／『おらが春』文政二年）

これら三集の中では字句に多少の違いはあるが、読みは変わらない。
添書として、「身一つすぐすとて女やもめ〔の〕哀《アハレ》〔さ〕は」がついている。傍点の部分は、『おらが春』では「山家《ヤマガ》の」となっている。

自分の里の田植えを終えて、菅笠を背にして出かせぎに近在の村に田植えに行く。「身一つ」と書いているが、子供がいるのかもしれない。夫に死なれた後、子供たちのため、そして恐らく残された父母のため、一年中休む間もなく働きつづけねばならない。「おのが里仕廻て」の出だしと「田植え笠」の結びが一体となって句のみごとさを示している。

この後にも子をつれた女の行商を秀れた筆致でうたいあげた秀作が続く。

鰯《イワシ》めせ〳〵とや泣《ナク》子負《オヒ》ながら（『風間本八番日記』文政二年六月）

「越後女の哀さを」の添え書きがある。当時、北信濃に越後から女たちが魚などの行商に来た。背中に負っている子をゆすりながら、女は声をはりあげて鰯を売り歩く。ひもじさのため、あるいは売る声の大きさのためか、子はわん〳〵泣いている。親子ともども哀れである。荷はどのようにして運んでいるのであろう。

麦秋や子を負《オヒ》ながらいはし《(わ)》売　（『おらが春』文政二年）

これにも「越後女、旅かけて商ひする哀さを」の前書がある。黄色瑞華によれば、海辺から十キロメートルくらいの所なら、背に子を負った婦人が天秤棒をかついで行商に出たものだが、国境の峠を越えて信濃まで、そういう姿でやって来たとは考えられない。したがって、これは過去の見聞を思い起こしての作であろう、と書いている（黄色瑞華『人生の悲哀――小林一茶』一三二～一三三ページ、新典社、昭和五十九年）。してみると「鰯めせ……」の句も過去の見聞か。「鰯めせ……」が六月の作だが、この句は八～十一月頃のものであろう。前の句と同工であるが、捨てられない。しかしどちらの方がよいかとなれば、前の句の方がよいと思う。

しかしこれら三句のいずれにしても、一茶の深い思い入れを感ずる。

つら役*や子持女の寒念仏　（『風間本八番日記』文政二年十月）

＊つら役――つらい役目

子持女が寒い夜に念仏をあげる役目を仰せつかった。子供を家においてきたのならいいが、もし一緒なら心配だ。それも赤ン坊であったらなおいっそう心配だ。病気になる危険があるだろう。一茶は何も念仏を小さい子のいる女にやらせなくともいいのにと思って、この句をつくった。

類句に「雨の夜やしかも女の寒念仏」（同）があり、雨の降っている寒い夜に、何も女に念仏をあげさせることはないのにとうたっている。

この日記の同年十一月四日（晴）に女殺しのことを書きとめている。即ち「亥刻およよ〔ト〕云女ヲ市太郎〔ト〕云男ニ川投込マルル」の記事。ただしそれに関する句はない。一茶はこの記事以外にも、しばしば女とか弱い者についての事件を書きとめている。

蚕医者《カヒコイシャ》くはやる娘かな　（『風間本八番日記』文政三年三月）

「蚕医者」とは、蚕の飼育の上手な者を呼んだ名。あちこちから蚕を見てもらいたいと注文される娘を、「はやる蚕医者」と言う。この句では、あえて蚕医者を強調して二度くりかえしている。ここにこの作品の特長がある。一茶が娘をうたった他の句と同様に、エロチシズムを感ずる。娘が可愛くてしようがない。そして蚕の飼育のうまい娘ということを大事にしてつくっている。しかしここでは飼育を口実にして情を通じようと考えている男たちのことが、この句の背後にあるのではないのか。事実こうしたことはよくあった。また従来の一茶の句から考えてこのような想像ができるのだ。しかしそれならわざ〲「蚕医者」と呼ぶか。いやむしろそれだから医者とつけたか。

はつ螢女の髪につながれな（『風間本八番日記』文政三年六月）

一茶の句には虫を詠み込んでいるものが多いが、これは女と結びつけてつくったもののひとつである。女は野良仕事から帰ってくる所か、それともこれから祭か何かで出かける所か。その髪にはつ螢がつながれるといいなと一茶は思っている。この時期はいっぱいに螢が飛び交う。螢をうたった句が、この月には十六もある。

白粉《オシロイ》(1)の花ぬって見る娘哉（『風間本八番日記』文政四年九月）

しょう塚の婆ゝ(2)へも誰〔か〕綿帽子（『風間本八番日記』文政四年九月）

【註】

（1）白粉の花――オシロイバナ科の多年草。熱帯アメリカ原産で、江戸初期に日本に渡来。夏から秋にかけて数花ずつ集まり咲き、微香あり。果実は球形で、中の白粉状の胚乳をおしろいの代用にした。おそらく祭りの夜に娘たちが塗って出掛けたのであろう。

（2）しょう塚の婆ゝ――「三途河《サンズノカワ》（川）のばば」のなまり。別名奪衣婆《ダツエバ》（三瀬《ミツセ》川の婆）と言い、三途河（極善、極悪でない人が、死んで中有の旅路を起えるという川。三瀬川）のほとりにいて、亡者の着物を奪い取り、衣領樹《エリョウジュ》の上にいる懸衣翁《ケンイオウ》に渡す婆。

しょう塚の婆にも誰が綿帽子(真綿をひろげてつくったかぶりもので、もともとは男女共に防寒具として用いた。後に婚礼の時に新婦の顔をおおうのに用いるようになった)をかぶせたのか。そしてどちらの意味でかぶせたのか。おそらく既に紹介した「今一度婆ゝもかぶらばつくま鍋」（『七番日記』文化十四年四月）とか、「一対にばゝも早乙女とぞ成ぬ」（『風間本八番日記』文政四年五月）などの句との関連で考えると、一茶は防寒用ではなく、晴れがましい事柄で書いたのであろう。前に記したが、一茶には女性を悪しざまにうたった句は殆どない。それは老婆に対しても同様である。

文虎宛の一茶の書簡（尾沢喜雄他編『一茶全集』第六巻、三九三～三九四ページ）によると、妻の菊がこの年の四月から痛風で寝込んで、これが八月上旬まで継続的に続いており（矢羽勝幸『一茶大事典』一四三～一四四ページ）、その月の後の方でやっと床上げした。その喜びがこの句に反映していると思うが、どうだろうか。

寒声*や乞食小屋の娘の子（『文政句帖』文政五年十一月）

＊寒声――寒中に大声で経を読んだり、歌曲を歌ったりして、音声の訓練をすること。

乞食小屋の娘が、この寒い夜に小屋の中で歌をうたいながら踊っている。ここで言う「娘の子」とは、娘を強調しているのであって、娘が連れている子供のことではない。娘は昼間には人の多い所に出て、おさらいした歌や踊りを可愛らしく披露して、何がしかの金銭を受けているに違いない。実はこの句の背景になっている文章が、『文化三―八年句日記写』の文化三年九月二十七日にある。ただしこの日は、『文化句帖』によると文中にある布川には行っておらず、江戸にいたらしい。しかし同年閏九月二十七日には、「一白と布川に入」とあるので、閏九月の記事かもしれない。この日に布川来見寺前にいた乞食の出席祝いの俳文をつくった。以下はそれである。

廿七日　晴
　下総国布川の郷、来見寺(1)のかたはら田中の塚に、菰《コモ》四五枚引張《ヒキバリ》て、酒しひ(ぼ)る叟《オキナ》有《アリ》。味噌するわらべ有。あやしと木がくれて(隠)うかがひ侍《ハベ》るに、初孫まうけしなど笑ふ声して、いとゆう(優)に志もやさしげなる青女《アヲヲンナ》(2)の、麻といふもの髢《カモジ》にまき添へ、花なでしこの雨をおびたるさまに少《スコシ》打しほれてなやめる容《カタチ》の白地《アカラサマ》に見ゆ。かゝるいぶせき藪原にあるべき体《テイ》とはおぼへ(え)ず。まさしく百鬼のふしぎをなすか。狐狸の人の目くらますかと、ある里人に問へば、是は此辺《アタ》りの門に立《タチ》て、一文半銭の憐《アハレ》みをうけて世をすごす古乞食となん。誠に其楽しむ所、王公といふとも此外やはあるべき、財たくはへねば、ぬす人のうれひなく、家作らねば火災のおそれもなし。幸にして心をやしなふことは、なか〱禄《ロク》ある人にも過たりといふべし。綾羅錦繍《リヨウラキンシウ》(3)のうつくしきも彼等が目には、雀蚊虻《アブ》の前を過《スグ》るとや見ん。いづ此うちの趣は、離婁《リロウ》(4)が目にもいかで見分《ミワク》べき。今宵は嫡子《チヤクシ》初七夜の祝ひに其党を集《ツドヘ》て、子孫長久いのるなるべし。

赤子からうけならはすや夜の露

【註】

(1) 来見寺——瑞竜山来見寺。曹洞宗。

(2) 青女——若い女。

(3) 綾羅錦繍——綾はあやぎぬ。羅はうすもの。繍は刺繍をした織物。すべて豪華な衣料。

(4) 離婁——中国上代の人で千里眼で知られる。離朱とも呼ぶ。

一茶は乞食と呼ぶあるいは呼ばれることに抵抗を感じていないふしがある。その根拠のひとつに、自らを「しなの、国乞食首領一茶《コジキシユリヤウ》」（『我春集』文化七年十二月／尾沢喜雄他編『一茶全集』第六巻、一五ページ）と記しているが、それ以外にも自らを乞食と号している文がいくつもある。

たをやめの側へすりよる毛虫哉　（『文政句帖』文政六年十一月）

既に序言で触れておいたように、一茶の文章や俳句には事実を事実として叙述していないものが多い。その美文仕立ての文章や脚色は事実を歪め、現実の問題を排除する。この句もそうである。手弱女《タヲヤメ》（しなやかな女、やさしい女）がいる。その側にすりよっていきたいのは一茶自身で、それを毛虫におきかえている。一茶は毛虫のように醜く、好色で、老残の身である。この前の月に妻の菊が病没している。きっと彼は菊のことが念頭にあってこの句をつくったのであろう（この年の二月から菊は病気で苦しんでいた）。そしてかならずしもよい夫とは言えなかった彼が、この年の二月からは、従来よりははるかに菊につくしている（後に詳述）。

美女に蠅追《オハ》せながらや寝入道　（『文政句帖』文政六年十二月）

入道にはいくつも意味があって、そのひとつは、大名の主君が後継者に主座をゆずった後に剃髪し僧衣をまとうが、日常生活は従来と全く変らないもの、もうひとつは、僧侶の位の高いもの、通例は三位《サンミ》以上のもの、それ以外としては、一茶のように坊主頭のもの等々である。ここでは主座をゆずった後の大名かもしれないが、位の高い僧もしばしば若い女を囲っていたので、そのいずれかであろう。しかし一茶の句には、武士や大名を手きびしく諷刺したもの、軽蔑感の強いものが、僧侶に対するものよりも圧倒的に多いので、やはり前者かもしれない。それに加えて、美女にひざまくらをさせて、蠅を追わせ、気持ちよさそうに寝ている入道に対する一茶自身の嫉妬も読む者に感じさせる。もしかすると、彼が大嫌いであった加賀守《カガノカミ》かもしれない。これについての秀句がある。

づ(ず)ぶ濡れの大名を見る巨(炬)燵哉

（『風間本八番日記』文政三年十月／『梅塵本八番日記』文政三年）

雨の中をずぶ濡れの大名行列が通る。先箱、矢槍、弓、鉄砲。先払が袴のもも立ち取って制止の声をかけてきても、雨にあってはさっぱりである。街道筋の家では炬燵にあたりながら障子の穴から拝見。

糸瓜《ヘチマ》つる切てしまえばもとの水

（『文政句帖』文政七年八月の最上段に編者が記載／『一茶全集』第四巻、四九四ページ）

へちまづる切《キッ》て支舞《シマヘ》ば他人哉（『一茶発句鈔追加、宋鶺編』天保四年）

文政七年八月三日に二番目の妻、雪と別れた。共に暮らした期間は二カ月である（後章で詳述）。この句ではあっさりと別離を記載しているが、実際はかなりのショックで、翌月（閏八月）の記録では中風の再発で言語障害に陥り、二カ月以上患った。

めぐり日と俳諧日也春の雨（『文政句帖』文政八年二月）

「めぐり日」とは、月経日のことである。月経も決して忌みのものとしていない一茶の句は驚きである。月経日と俳諧日が同じ月で、しかも春の雨がしとしと降っている。誰の月経日か。雪と別れて一人暮らしをしている時である。この次に五句あって、その後に「小娘の山路の案内しける、一《ヒト》むら雨《サメ》のさと降りければ」の記載がある。この娘をうたったものか。それとも全く関わりがないのか。いずれにしても、句の出来工合のよし悪しはともかくとして、この時代に月経を句に詠みこむこと、しかもそれを美しくうたい上げる一茶の姿勢は評価するべきであろう。

第六章　名をあげて女性をうたった句

一茶の妻たちについては、後章で詳述するが、ここでは架空の人物あるいは過去に名前のあがった女性たちのうち、花嬌等をのぞいて、興味をもった者を挙げてみた。その多くはえげつ、ないもの、あるいは駄作として多くの研究者が無視してきたものである。

立田姫*尿《シト》かけたまふ紅葉哉　（『文化五・六年句日記』文化六年七月）

＊立田姫——秋の女神、竜田姫ともいう。

卑猥な作品である。立って尿をしている姿勢を頭に描いてつくったものであり、しかもその尿は紅葉にかけられているのである（もっとも当時庶民の間では、女性が立ち小便をするのは普通であった）。そのもとは、『犬菟玖波集』に「佳保姫は春立ちながら尿をして霞のころもすそはぬれけり」あるいは「霞の衣裾はぬれけり佳保姫の春立ちながら尿をして」（どちらが正確なのか、原典を見ていないので不明）があって、それにかこつけて、佐保姫（春の女神）を立田姫におきかえてつくったものであろう。そこで立田姫は秋の女神だから、尿をかける場所を紅葉にしたのか。もしかすると、それだけの理由ではないのか。一茶のことだから、誰か別の女性を立田姫になぞらえたのかもしれない。そして勿論尿をかけることを悪いこととは考えていない。この後に佐保姫の尿の句も出てくる。

サホ《（佐保）》姫も虱《シラミ》見給へ梅の花　（『文化五・六年句日記』文化五年十二月）

佐保姫は勿論、彼女の衣についている虱も美しい梅の花を見てみよ、ということか。梅の花がそれ程に見えたのか。現代人の感覚はともかく、女神の衣に虱がいっぱいついていたとしても不思議ではないが、虱にも見せるとはすごい。もっとも一茶の句には、虱がしばしば登場する。一茶の衣にも虱がついていたが、この句の次に「鶯にねめつけられし虱哉」がある。しかし多くの句にうたわれているのは実際の虱ではなく、虱にかこつけて何かをうたっているものである。この句でも虱に見せたい程の美しい花とうたっているが、一茶のことだから、梅の花と言っても何か別の事柄を指しているのであろう。そして同様に佐保姫も、誰か他の女性をなぞらえているに違いない。

サホ姫のばり（尿）やこぼしてさく菫（『七番日記』文化七年一月）

季が正月であるから、立田姫ではなく佐保姫に変ったのである。既に記したように、もとは『犬菟玖波集』にあり、『文化五・六年句日記』に発表した「立田姫尿《シト》かけたまふ……」の焼き直しであるが、前の句の「かけたまふ」と同様こちらも「こぼして」と能動的である。この尿のおかげで「咲く菫」となっている。この句の前に菫を入れた句が五つある。したがって正月だから尿をかける草花をたまたま菫にしたとは考えられない。この花に対する思い入れがあったのであろう。七番日記はこの文化七年一月から始まり、文化十五年十二月まで続くが、多くの研究家は、一茶の句の最盛期を代表する作品集と論評している。俳文はこの文化七年が最も多く、句の間に出てくるものを除いても、二十九編もあり、それにつぐ文化八年は五編しかないのに比べ圧倒的である。その中には既に記した妙葩のエピソードがある（第二部第四章参照）。

サホ姫の御子も出給え夏の月（『七番日記』文化九年五月）

女神である佐保姫に子供がいたのか、それとも佐保姫になぞらえた女性に子供がいるのか。とにかく今よいの月はすごく奇麗だから、出てみなさいと一茶は言っている。誰の子供だろう。花嬌の孫かもしれない。何故なら、四月十二日から書き始めた花嬌家集並追善集を、この月の三日に終らせているが、その間花嬌の養子織本子盛宅にかなりの期間泊まっており、当然妻の曽和の世話になっている。したがって、この夫婦の子供たちにもしばしばあっているはずである。曽和は花嬌の娘だから、きっと美女であろう。だとすれば、佐保姫になぞらえてもおかしくはない。してみるとここでうたわれているのは曽和の子ではないか。この考えの反論は勿論いくつもあるが、その中でもっともわかりやすいのは、曽和の子だったら、何故「御子」としたのか、おかしいではないか、ということであるが、しかし私は一向にかまわないと思っている。もし一茶が曽和の名を直接出していたら「御」はつけなかったろう。

春の風おまんが布のなりに吹（『句稿消息』文化十年、月不明）

「高い山から谷そこ見れば」の前書がついている。これは江戸時代の俗謡「高い山から谷底見れば、おまんかわいや布さらす」をふまえた句であるという。また半藤一利によれば、越後柏崎の三階節にも「高い山から谷見れば、おまん、おまん可愛いや、染分け襷《タスキ》で布晒《サラ》す」があって、信濃の一茶がこれを聞いたことがあろうから、重ねて出典が追究されることもある（半藤一利『一茶――俳句と遊ぶ』八三ページ）。しかしいずれにしても、ここで眺めているのは、『徒然草』に出てくる久米仙人であろう（一〇一〜一〇二ページ参照）。洗濯する女の脛をみて雲より落ちた例の物語の主人公であり、これを一茶は念頭においたに違いない。春風に吹かれたさらし布のなごやかな動きとも考えられるが、その奥で一茶がうたっているのは、風のまにまにうねり、踊り、ひらひらとなびいている布とは、空中を飛行する天女のようにひるがえる衣の事ではないのか。そしてその結果久米仙人を雲より落した、なまめかしいおまんの姿態であって、一茶はそれを想い描いたに違いない。

むらおち葉かさ森おせん*いつちりし（『七番日記』文化八年十月）

＊かさ《笠》森お仙――一七五一年生れ。一七六四年（明和初年）頃に江戸谷中の笠森稲荷地内の水茶屋の鎰屋の娘で給仕をしていた。浅草観音裏の楊枝店の柳屋お藤、浅草二十軒茶屋の蔦屋お芳と共に美人の茶屋女、看板娘として評判が高かった。なかでもお仙の人気が高く、初期錦絵の美人画モデルとして、鈴木春信の浮世絵『おせんの茶屋』（一七六八年、明和五年頃）に登場した。山東京伝の合巻『笠森娘錦笈摺』や河竹黙阿弥の歌舞伎『怪談月笠森』などの題材になった。その中でよこしまな恋心をよせる男に殺されたお仙が幽霊になって、男を呪い殺すという筋書になっているが、実際には御家人の倉地政之助《マサノスケ》と一七七〇年（明和七年）に結婚して、一八二九年（文政十二年）に没するまで、一生しあわせにくらしている。「向こう横町のお稲荷さん……」の手鞠唄に名を残す。一茶は五十年前に浮世絵のモデルになったおせんのことを、むらおち葉のようにいつ散ったのかとうたっている。その頃でもおせんの美ぼうは話題になっていた。一茶は黙阿弥の『怪談月笠森』をきっと観ていたのに違いない。

かさ守りのおせん出て見よ玉霰（『七番日記』文化十二年十月）

「むらおち葉おせん……」をつくって四年後にまたおせんをうたっている。しかしこの句のもうひとつ大事なものは「玉霰」である。その奇麗な玉霰に美人のおせんが加われば、全く素晴らしいというわけである。なお「かさ森」を何故「かさ守り」に変えたのか、おそらく間違いであろう。

ちる花やお市小袖の裾ではく（『七番日記』文化十五年二月）

これには「新保広大寺節」の前置きがある。「しんぽ高台寺ハシ（ユ）ロボキャ入《（要）》ラヌお市小袖の裾ではく」。この中で「高」は一茶の間違い。この歌の源流は不明だが、越後《エチゴ》瞽女《ゴゼ》が門付《カドヅケ》の軒先で歌う「こうといな」あたりが元と思われている。ここになぜ「お市小袖」が出てくるのかは後段で触れる。広大寺は新潟県十日町市下組新保にある禅宗の寺。この十四代目の白岩高端和尚の時代、信濃川の中州の耕作権をめぐって、寺島新田と上ノ島新田の農民が対立した事件で、寺は寺島新田側につき、上ノ島新田側には縮問屋《チヂミ》の組合頭、最上屋《モガミ》上村藤右衛門がついて、ついには寺と最上屋の争いになってしまった。そこで最上屋側は「こうといな」あたりを元に、和尚の悪口唄をつくらせ、瞽女をはじめとする遊芸人から反対派の農民にまで歌わせた。それは一七八二〜八三年（天明二〜三年）のことである。お市は広大寺前の豆腐屋の娘といわれ、白岩和尚とのスキャンダルの相手。「シ（ユ）ロボキ」は棕梠《シュロ》でつくった箒《ホウキ》。「しんぽ高大寺」とは、和尚を指し、お市との情実を「小袖の裾ではく」で表現したものである。この事を殊さらに触れまわったのは、勿論最上屋側である。ところで一茶は、この部分だけを残し、上に「ちる花や」をつけた。情実についてはそのままにおき、お市の春を散らせたことを上の部分に示した。一茶にとっての大事は、うら若いお市が、この図太い色好みの和尚によって純潔を奪われた事実である。中州の耕作権がどちらに行くかなどには全く興味をもっていない。

雪の日や仏お竹*が縄だすき（すだれ）
（『風間本八番日記』文政二年十月／「すだれ」は『梅塵本八番日記』文政二年）

＊仏お竹――人がよくて力があるが、粗野な下女につけた名という。しかしそれなら頭に何故「仏」とつけたのか。別の見方では、お竹は江戸大伝馬町佐久間の下女であったが（寛永の頃といわれる）、実は大日如来の化身で湯殿山英金堂（別の説では出羽羽黒山）にその像があったといわれている（『お竹大日如来』玉滴隠見、武江年表による）。それなら「仏」とつけたことに合点がゆく。一茶は幾度も江戸のお竹如来に詣でている。文化十二年九月に三回。このうちの一回は、妻菊の安産祈願であったろうと矢羽は書いている（矢羽勝幸『一茶大事典』九九～一〇〇ページ）。またお竹如来をうたったものが、「雪の降る日や……」の前に三句ある。「守るかよお竹如来のかんこ鳥」（『七番日記』文化十二年四月）、「雀子やお竹如来の流し元」（『七番日記』文化十四年二月）。流し元とは、勿論台所の流しのことであり、お竹の仕事場である。これは大日如来が下女のお竹に身をやつしていたということでつくったものである。さらに連句で、「夕立のかきなぐ〔ら〕るゝ恨みにて（鶴老）／お竹如来を祭るさゝ百合《ユリ》（一茶）」（『株番』文化九年一月もしくは二月）がある。

雪の降る日だというのに、文中のお竹は縄のたすきがけで、寒さも何のその、張り切って仕事をしている。

二本目の桶はおさん(1)が糸瓜《へちま》哉

（『風間本八番日記』文政四年九月／『梅塵本八番日記』文政四年）

〔なお『梅塵本』では、句に「十五夜小取(2)」の前書がついている〕

【註】

（1）おさん――ここにうたわれるおさんは、おそらくめしたき女。まさか『心中天の網島』の紙屋治兵衛の妻か、『大経師昔暦』の大経師以春の妻（おさん茂兵衛）を頭においてつくったものではないであろう。しかし江戸にいた頃に、この二本の近松門左衛門の浄瑠璃をみていたとすれば、その可能性はあるかもしれない。

（2）十五夜水取――八月十五日の夜（仲秋）に寺院の井戸の水を汲み、加持し、香水とする。

糸瓜のつるがのびてきて、おさんがつるして来た桶の一方にまきついてしまった。切ってしまうのは可哀そうである。どうしたらよいだろう。おさんは悩んでいるに違いない。勿論一茶が見ていたわけではない。

第七章　一茶と三人の妻たち

一　菊

菊が一茶の所へ嫁いで来たのは二十八歳、一茶は五十三歳（文化十一年）で、『七番日記』では四月十一日である。菊は信濃町赤川の常田久右衛門の次女である。菊について最も好意的で詳しく記載しているのは、北小路健の『一茶の日記』の一三八ページから一七五ページである。この一部分と他のいくつかの文献および私が調べたことを入れて、菊についてまとめた。

一茶の遺産分割に関する継母、弟との十二年間にわたる交渉は、文化十年一月に決着した。十一年二月に生家を弟と半分に分割し、同月十七日に風呂場を新たにつくった。これはやがて来る妻のためでもあった。

菊の生家は仁之倉の宮沢家（一茶の実母くに（一茶が三歳の時に死亡、年齢不明）の実家）の親戚にあたる。仲人をつとめたのは、宮沢徳左衛門である。この人は一茶の最も有力な味方であった。少し話は横にそれるが、徳左衛門と称したのは、宮沢家にはそれまで三人いた。宮沢家の過去帳を研究していた長野市の洞仙寺の小山善雄住職によれば、初代、二代、五代がそれで、初代と二代は、くにの出生前に死亡している。五代目はくにより十二歳〜十五歳年下、一茶より九歳年上であり、一茶没後十一年長生きし、八十五歳で亡くなっている。仲人をつとめたのはこの人らしい。一茶とは従兄弟の関係であったといわれる。くにの兄孫右衛門は四十七歳で亡くなっており、それは一茶が十一歳のときであった。なお徳左衛門は伯父であったとする説もあるが、それは間違いらしい（千曲山人『一茶に惹かれて』一四〇ページ）。

徳左衛門は一茶の遺産相続に大きくかかわった人でもあるが、本書ではそのことについては省略する。

長野県信濃町の最北、新潟県境に菊の里、野尻宿の赤川がある。菊の父久右衛門から六代目の常田良治さん（男五人、女四人の長男）は二〇〇一年現在で八十歳、十年間町の消防団長をつとめ、一九九一年にやめた。奥さんのみさえさんは七十九歳、話好きの人で宮沢家の虎蔵氏（九代）の世話で、二之倉から嫁に来た。実家（北村家）は健在である。

常田家の先祖は飯山であり、久右衛門の兄が赤川に移住した。その理由は、藩の仕事で赤川に土地調査に入った後、新田開発を始めたのがきっかけであった、という。今も菩提寺は飯山である。

菊の父のころの常田家は昔、山賊の熊坂長範が住んでいたという長範山の麓、関川に近い所に大きな屋敷を構え、農業と共に、川ひとつへだてた越後の関川の水を活用して、水車小屋をつくり、米屋を営み、さらに種馬鈴薯や藍の原料を売買するなど手広く仕事を行い、作男や下女を何人も雇うかなりの豪農であった。今でも常田家の農地のあった関川には広大な蕎麦畑がある。

常田家は水害や火災のために、七回も家を他の場所にかえたが、いずれも赤川の中にあった。良治さんの話では、一茶の手紙や書き物は相当あったが、明治二十四年頃の氾濫の時、一旦は水が引け、大事なものを家に持ち込んだ途端、鉄砲水が襲いかかり、家屋敷を押し流してしまいこの時失なってしまったが、ひとつだけ一茶の書き物が残っており、それは「茨の花」の下書きらしいものであり、何代か前にふすまの下張りからとった物という。私はその写しをいただいた。その文面は以下のものである。

柱ともたれしなぬし《(名主)》嘉左衛門といふ人に、あ《(ワ)》が仏の書《フミ》一枚いつわりとられしものから、魚の水に放れ、盲《メクラ》の杖もがれし心ちして、たのむ木陰も雨降れば、一夜やどるよすがもなく、六十里来たりて、墓より直に又六十里の東へふみ出しぬ。

古郷やよるもさわるも茨の花　（『七番日記』文化七年五月）

例によって、自分を悲劇の主人公にし、相手をこきおろす。『真蹟集』には、いやらしく「ま丶子一茶　印」とあるが、この下張りから出たものには、署名も印もない。一茶は常に何枚か同じ句を書いているので、その中の一枚であろう。

文化五年八月に遺産分配の「取極一札之事」を取り交わしたが（ただし後に一茶はこれを一方的に破棄）、その際に名主の中村嘉左衛門はこれで決着したとして、「然上は遺書坏等に而出し候共、可為反故」と取極めの横に書き加え、一茶の父の遺言状を預かった。これは一茶のことだから、後でまたむしかえすこともあろうと考えたからである（果たせるかな、そうなった）。

一茶は文化七年五月に帰郷した時、嘉左衛門にこれの返却を要望したが、嘉左衛門はこれに応じなかったので、それを怒って書いた一文である。

現在の常田家は、良治さんのお父さんの一正さんの時、昭和十年頃、につくられたものである。良治さんには三人のお嬢さんと一人の息子さんがおり、健在である。

ところで菊は勿論久右衛門のもとで、大きな屋敷に生れ育った。

仲人の徳左衛門の妻も常田家から嫁いで来ていた。常田家の言い伝えによれば、菊は細面で美しい人だったという。そして明るい女性で、お転婆だったらしい。どうして行き遅れたのであろうか。この理由として、身体の欠陥が取沙汰される。これは三十七歳で病没したためである。しかしこれは後述するが、一茶の荒淫、農作業を始めとする多仕事、家計のやりくり、短期間（九年間）における四人の子の出産、育児等に重要な原因を考えるべきであって、結婚した時に身体が弱かったとしても、そのためだけとは思えない。では何故二十八歳まで嫁に行かなかったのか。菊には兄と姉がいたが、姉は既に嫁いでいた。ひとつには赤川のような家かずの少ない山里では、おいそれとは良縁に恵まれない。小作農には嫁にやる気にはなれない。躊躇するままに年を取らせてしまったのであろう。瓜生卓造によれば、「菊は両親の寵愛を一身に受けていたらしい。農家ながらも一種の箱入娘ではなかったか。結婚後も頻々と実家に帰り、柏原にもどる時は母親がついてきた。一茶のところに泊り、近隣にお祝い赤飯を配ったりしている。娘可愛いさのあまり、ついつい出しそびれた。今でもざらにある事情だが、心のうちでは夜も眠れないほど心配していた。そこに徳左衛門が一茶の話を持ってきた。俳句のことはわからないが、江戸帰りの宗匠で家屋敷も持っている。仁之倉を通じて無縁の家でもない。一茶の年齢に目をつむって、徳左衛門の話にのったものであろう」（瓜生卓造『小林一茶』一七八〜一七九ページ）。

この年の四月以降一茶はしばらくの間妻について日記に書く。煩雑だからそのすべてを書き出すことはしないが、重要な所をここに記す。

「四月十一日　晴　妻来　徳左衛門泊」。仲人の徳左衛門が近在にもかかわらず泊まっていったのは、本陣の問屋で披露の宴があり、夜も更けてしまったことに、ひとつの理由があるが、私としては、他にもうひとつ深刻な理由があったと思えてならない。それは菊がここに来て一茶と一緒になることを拒否したためである。勿論一茶についての多くの文書では、それを認めていない。少くとも私の読んだ文書では。しかし結婚後しばらくの間の菊の行動には、それを示唆するものがままある。しかも結婚式当日の日記には、饒舌な一茶がたった一行しか記載していない。この事情について、北條秀司の戯曲『信濃の一茶』では、実にみごとに菊の心情と行動を描いている（九〜二二ページ、関西大学出版部、一九九八年）。ここにその全部をのせることはできないが、恐らくこの戯曲に書かれているように、菊はいやいやながら嫁いだのであろう。以下その一部分を紹介する。

第一幕　柏原宿本陣問屋

——前の部分省略——

〔花嫁のきくが綿帽子を被ったまま祝宴から逃げて来る。母親のいねが追って来る〕

いね　きく。……コレきく。どこさ行くだ。

〔きく、座敷に駆け込み、突ッ伏して泣く。綿帽子がとれる〕

いね　どうしただよ、だしぬけに。……どうしたちゅうだよ。

きく　（答えず、泣声を高める）

いね　泣いとってはわからねい。いってえどうしたちゅうだよ。

〔親戚の娘はなが視に来る〕

はな　どうしただよ。どうかしただか。

いね　（答えず）おやじどのを呼んでくんろ。早く。

はな　うん（引返す）

いね　（服の乱れを直してやりながら）芽出てえ酒盛の最中によ。なにが悲しゅうて逃げて来ただ。
きく　（答えず。泣くのみ）
いね　花婿さまが気づくといけねい。も一度座敷に戻るだ。
きく　もう行かねい。野尻へ帰るだ。
いね　なにを言うだ。子供みてえに。さぁ、早く機嫌を直して。（綿帽子を被せようとする）
きく　（振り放して）いやじゃ。あんな年寄と連れ添うなら死んだ方がましじゃ。赤川へ帰るだ。（血走った眼で立つ）
いね　莫ッ迦なことを言うでねい。いまさらそんげなことが出来るだか。落ちつくだ。頼むから落ちついてくんろ。（必死で止める）
〔父親の九右衛門が来る。弟の多吉（馬喰）と妹のりんもついて来る（筆者註――実際には、菊には弟妹はいない）。はなも父親の七兵衛とともについて来て、廊下から聴く〕
九右　どうしたちゅうだよ。
いね　このわからず者が、自家へ帰るって諾かねえだよ。

九右　莫《バ》ッキャロめ。女子ちゅうもんは一度屋敷を出たら、もう戻る家はねいのだぞ。
きく　戻れねいなら村さ出るだ。須坂の機場へ住み込みに行くだ。
九右　業突張りもいい加減にしろ。（怒鳴る）
きく　（わっと泣く）
いね　困ったのう。どうしたらいいべか。
りん　おら、姉ちゃんの言うことよくわかるだ。おらだってあんなヨボヨボの婿さまをあてがわれたら、婚礼場を逃げ出すかもしれねい。
いね　おめえまでがなんじゃ。
多吉　いや、おらもそう思う。あれじゃまったく話がちがうだ。頭は白髪ッ禿だし。歯は抜けちもとるし、まるで墓場から出て来たようだわ。
九右　忌み言葉口にするでねい、芽出てえ晩に。
多吉　（かまわず）あの亡者みている細腕でギューッと抱かれてみろ。姉さじゃなくたて死にたくなるわな。
いね　やめろちゅうたら。おめえが祝言するでねい。縁遠かった姉さにやっと仕合せが向いて来たんぢゃ。この良縁を逃がしては、一生浮かぶ瀬はねいだ。
九右　あんな大勢の衆が祝うてくれてるに、いまさら手が引けると思うだか。

多吉　あれは酒さのみにやって来てるだ。懐ろの痛まねえ酒をよ。

――中略――

宴場の祝い唄が盛り上がる。小林一茶（五十二才）が花婿姿で、門人の雀遊と寒木に扶けられ、軽い中気に足をよろめかせながら廊下を来る。白髪の蓬髪、前歯が一本だけ残り、年齢よりもずっと老けて見える。その顔を扇で隠している。皆、口々に言葉を吐き、敬意を示して正座をすすめる。

一茶　（立ったまま扇を取って）五十婿、あたまを隠す扇かな。

桂国　これはよい。

〔筆者註――桂国は柏原の人。一茶とは文化元年頃より交遊、江戸に出た折はしばしば一茶宅を訪れている。ともに社寺を見物したり、金一分を一茶に与えたこともあった。一茶の親友〕

皆　（わらう）

桂国　さあさあ。夫婦雛の形で。（きくのそばへ坐らせる）

きく　（ゾッとしてはなれる）

いね　（たしなめる）
秀栄　（白けさすまいと）だいぶのまされとったようじゃな。
〔筆者註――秀栄は一茶家の菩提寺明専寺住持〕
一茶　ウッカリのまされとる間に、みんな居なくなっちもうて。（二の腕をボリボリと掻く）
桂国　どうされただ。
一茶　酒をのんだで、癒ったと思うたヒゼンがまた。（頸筋を掻く）
宮沢　それはいけねえの。
〔筆者註――宮沢徳左衛門。一茶の従兄弟〕
いね　（きくに）掻いてお上げ。
きく　（ゾッとする）やァだ。

――中略――

一茶　（桂国に）まだ床入りは出来ぬかな。
きく　（母に縋る）
桂国　いま離れに支度させている。もう少し我慢するだ。

一茶　花嫁が可哀想だで。

――中略――

〔桂国は一茶に、きくの心境を伝え、うまくやれと背を叩いて出てゆく。一茶ときく、二人きりになる。酔唄がトロリときこえる〕

一茶　雪冷えがきつうなった。もっとこっちへお寄りやれ。

きく　（動かぬ）

〔筆者註――この後、一茶の口説きが続く。きくは拒絶するが、一茶の身の上話を聞くにつれて次第に気を取りなおす〕

結婚後菊は頻々と実家に帰り、柏原にもどる時は、母親に連れられて来た。そうしないと、いつになってももどらないからである。

一茶は勿論菊に満足していた。その理由の第一は、自分が望めば、こんなに可愛い女といつでもセックスできること、さらに自分名義の田圃（仁之倉）は、従来は宮沢家に耕作を依頼し、そこで働く農民たちに、なにがしかの手当てを一茶は払っていたが、菊が働くようになって、その支払がかなり軽減したこと、菊が頻々として実家に帰るのは勿論一茶の荒淫から逃れることがひとつだが、それと共に実家から米を始め、種々のもらいものがえられるためで、これによって一茶の家への負担を軽減することにつながった。江戸できわめて貧しい暮らしをしていた彼は、国へ帰ってからも、家にどれほど金品をもたらしたか、とにかく充分ではなかったろう。

四月十四日、菊は村役人への挨拶まわりを済ませているが、この時も母親が連れていったものと思える。同十七日、母親と菊は仲人の宮沢家に泊っている。五月八日、実家に帰っていた菊は、母親ほか二人と共にもどる。同日近所に赤飯を配る。とにかく頻々と菊は実家に帰っている。

しかし菊は一茶の所にもどって来ると、かい〲しくよく働いた。四月二十四日は、一茶の日記では単に「田植が始まる」としか書いていないが、この後の記録から考えて、これは一茶の持ち田であって、菊が働いていたに相違ない。この年の一茶の日記では、菊の名の入っている畑仕事だけでも五回である。そのうちわけは、五月十六日、隣の仙六宅に手伝い。十七日同じく。十八日には飯縄山（一茶の持ち物であろう）に桑扱《コ》き。六月十六日、仙六宅の仕事手伝い。同十九日、仁之倉の宮沢家に泊まり掛けで手伝い。二十日に帰宅。七月二十一日から一茶は江戸にむけ出立したため、菊についての記録なし。十二月十七日には江戸を立ち、同二十五日に柏原に着く。この年一茶が家にいたのは七十七日。ただし一茶がいない時も、菊は田畑で働いていた事は明らかである。菊は毎月一〜二回は実家に泊まりに行っている。特に一茶のいない時は、さらに頻々として実家に帰っていた。

文化十二年（一八一五年）。一月〜三月まで菊の記事なし。一茶がこの間家にいたのは四十六日間。ただし、夫婦間のことをうたったと思わせる句が、正月にあるという。千曲山人によれば、その冒頭の句で「梟《フクロフ》よ面癖《ツラグセ》直せ春の雨」（『七番日記』文化十二年一月）があり、これには「鳩いけんしていはく」の添書がついている。人並みに所帯をもつことができるようになった。今までのような孤独で貧乏で遺産分配で争っていた人相、顔つきの悪さを今年あたりは直し、晴々として暮らすがいいと自戒している風情だ。「鳩」は菊のこと、「梟」は一茶自身のことだそうである。

四月二十日、菊は宮沢家に手伝いに行く。一茶は五月二日には強壮薬の婬羊藿《インヨウカク》を採取。一茶の行状から考えて、これは勿論菊との性交のためだけではあるまい。この月の在宅は五日間のみである。

さきに書いたように、菊はしばしば実家に帰るが、八月は特に長くて、同月十七日から二十七日まで居つづける。一茶との間で不愉快な出来事があったのであろう。一茶はたまりかねて、二十一日にはつれもどしに行くが、菊は応じない。やむなく二十二日に一人で帰宅。二十七日に菊はもどったが、これは勿論両親が説得した為である。そして母親が同道したであろう。一茶は八月三十日には江戸に出立したが、このことが菊の戻りに影響しているのではないだろうか（つまり一茶を見ないですむ）。

九月十二日、一茶はお竹大日如来（もとは江戸大伝馬町佐久間家の下女の名前。彼女は実は大日如来の化身であったから、お竹如来という。湯殿山英金堂にその像がある。夫婦和合、安産の守神）に参詣したが、これは菊の機嫌がなおることを祈願したものであろう。翌日、菊、菊の実家、宮沢徳左衛門、仙六宛に手紙を出している。また二十一日、二十五日にもお竹如来に参詣している。

文化十三年（一八一六年）一月、四カ月ぶりに家に帰る。しかし二月一日に菊は実家に行き、七日まで滞在。また父親の久右衛門が中風にかかったということで、十三日に実家に行き、十六日までもどらない。四月は、五日に出産のため実家に帰る。十四日に長男千太郎が誕生した。しかし一茶はその後十四日たっても、母子に会いに行こうとはせず、善光寺に詣でたり、弟子の所をまわり歩いている。

しかし二十七日に仁之倉に行った時、徳左衛門からとくと忠告され、無責任を責められた。そこで翌日赤川に行き、母子の初対面となった（瓜生卓造『小林一茶』一八九ページ）。これでわかるように、世間でいわれる程一茶は子煩悩ではない（ただし後に生れたサトに対する愛情をのぞいて）。菊が怒るのも無理はない。五月十一日千太郎死亡。千太郎は早産で、虚弱児だったといわれる。どうしてそうなのかは後記する。しかし千太郎の出産と死を通じて、少しも顔を見せない一茶と常田家との間に、一時的な感情のもつれがあったかもしれない。先記したように父は中風の後再起できず、常田家は菊の兄の時代となっていた。この時菊は二、三カ月も実家にいたと、良治さんの妻のみさえさんは語っている。菊がいつ柏原にもどったのか、一茶の日記には記されていない。

ところで一茶の薬草集めは、先に記したように、菊との性交のためだけとはいえないことが多い。たとえば菊が柏原にもどる予定のない五月二日（千太郎出産後二十日足らず）に黄精を摘んでいるし、同月二十六日に羊藿（イカリ草のこと）を採るため、高山村紫の山に入っている（千太郎死後十五日足らず）。勿論菊はもどっていない。この理由は健康維持のためでもあった。実は先年十月二日に松井宅（久松町）に泊まっている時、寝ぼけて後架に片足を踏落した。「寅刻未夜明久松町ニテ糞満々タル後架に片足踏落シヌ　臭気汚シテ四方闇所ノの始末絶言語ト云々」（『七番日記』文化十二年十月）。さらに十二月八日にも「松井

煤取　大酔シテ出肆ニ帰夜丑刻大ニ寝耄テ不レ知レ巳板間ニ尿ス今年五十三〔二〕シテ始テノ過也」（同、十二月）とあって、このふたつは否応なしに老を自覚させられた出来事であった。またこの頃の日記には記されていないが、旅先での売春婦との交合にも不首尾がおきていたに違いない。こうした出来事から、従来よりも薬草取りに一層はげんでいたのであろう。

文化十三年六月末に菊はいったんもどった。そして二十八日に菊は明専寺に参詣している。ただしその後間をおかずに赤川に帰り、八月までいたらしい。そして菊はやはり一茶の所へはもどりたがらなかった。八月一日に菊の兄が来泊（おそらく菊を同道）したが、翌日に菊が見当らないので、一茶は古間川までさがす。しかし菊は家の陰で洗濯をしていた。夫婦仲は依然としてよくない。三日には、春に植えた庭の木瓜を怒りにまかせて菊は引き抜く。しかしその後またさした所、この木再根したと一茶は記している。しかしその木瓜も、一茶が十三、十四日に家を留守にしている間に盗まれてしまう。

ところで一茶は六月二日には柏原に帰ったが、七日から二十五日まで門人の所をまわっている。同日の『七番日記』には、「千太に申」の前書付きで、「はつ袷《アハセ》にくまれ盛《ザカリ》にはやくなれ」の句があるが、千太郎は五月十一日には死んでいるので、四月につくったものを、この月に載せたのであろう。

一茶は文化十三年以後「交合」という語をこのんでつかうが、この最初は同年一月二十一日からである。「一日　晴　墓詣　夜雪　交合」。この夜悪夢をみた。窓の下に置いてあった茶碗類が手を触れないのに木っ葉みじんにこわれ散った（『七番日記』では、「二日晴」と記し、「昨夜於窓下茶碗小茶碗不障《（触）》人微塵破」と記している）。これを妻に話すと「それは空恐ろしい珍事です」「怪霊事」と言った。そして妻は一茶の股引やら特鼻裩《フンドシ（褌）》やらを洗濯した。これらは旅先ではいていたものを帰宅後もはき換えなかったものである。彼は亡父の命日の墓詣の夜、精進潔斎を怠って交合したため、このような夢をみたと思いこんだ。

八月から一茶は狂ったように、交合の回数を記録するようになった。それをすべてここに書きこむのは気分がのらないが、最初のいくつかは、こんな調子である。

八月八日夜五交、同十二日夜三交、同十六日～二十日毎日三交、二十一日四交……。

だいたい句帖だって日記だって、やがては板行公開するつもりで、くり返しくり返し推敲を重ね、取捨選択して整備したものだと思われるから、その過程で、なまなましい交合の記録は大部分消去されたものであろう。しかしその中で、特にいくつかは意識的にそれなりに理由があって残したに違いない。先記した文化十三年正月の交合と夢見は、俗信ぶかく、担《カツ》ぎ屋であった一茶としては、書き残しておきたいことであったろう（北小路健『一茶の日記』一五四ページ）

　また一茶の菊との性交は、必ずしも子供欲しさのためとは言えないことが多々ある。これについて北小路は以下のように書いている（前掲書、一六二～一六四ページ）。

「文化十四年八月十四日　小雨　柏原に入三交　墓詣　同十五日晴（中略）二交」。例によって、門弟まわりの旅から八月十四日に帰って来ると、さっそく昼中から三交である。続けて翌日また二交だ。一年経っても懐妊の兆《キザシ》が見えないので、子宝を願ってふたたび挑戦したというわけか。ところが、日記の先の方を見てみると、「（文化十五年五月四晴）柏原に入るキク女子生む」とある。してみると、先年八月十四日には妻はすでに懐妊しているわけだが、八月という時点はまだ懐妊早々のことで、はっきり妊娠とはわかっていなかったろうと考えてみてもいい。それなら、このときの三交、二交も子宝ほしさのものだったといえないこともない。しかし、次の記事に対しては何と考えたらいいのか。

「十二月三日　晴　黄精酒＊に漬
同　十一日　晴　黄精喰始（下略）
同　十二日　雪　（前段略）神仙丹二服
――中略――
同　十五日　大雪　暁一交（下略）
同　二十一日　晴　（前段略）暁一交
同　二十三日　晴　旦一交
同　二十四日　雪　旦一交
同　二十五日　雪　旦一交
同　二十九日　晴　五交」

＊黄精――別名トコロ（オニドコロ）。ヤマイモ科の多年生蔓草。根茎は苦味を抜けば食用となる。一茶は精をつけるために食した。

来年五月が産月である。それを間近にした前年十二月の時点で、一茶が妻の懐妊を知らぬとは、どうしても考えられない。つまりこの強精剤服用と度重なる交合（中でも大晦日の五交はひどい）は、子宝欲しさのそれでないことは明らかだ。八月の分はいざ知らずこの十二月の分は快楽追求のためとしか言いようがない。年改まって一月八日にも「旦一交」とある。

次に一茶は菊の月経の日を詳しく書き入れている。この理由は二つあって、一つは妊娠したかどうかを確かめること、もう一つは月経によって性交が不可能になった日のことである。一茶のことだから、月経の日であろうがなかろうが、したい時にはすると思えるが（彼は月経を不浄のものとは思っていないふしがあるので）、しかし意外に迷信ぶかい所があって、既に記したように、父の墓詣でを行った一月二十一日の夜に交合した所、不思議な夢を見て、妻に一茶の股引やら特鼻褌《フンドシ》やらを洗濯させた事、それ以外にも句文や日記には、凶夢の記憶を数多く記している事を考えあわせると、不浄だからと言う事以外の何らかの理由から、月経の日には交合しなかったように思えるのだが、どうだろうか。参考までに、月経の日の性交の記載はない。それに菊が絶対にいやがるだろう。強いて月経時に性交のあったと考えられる節は、十三年八月八日の夜である。実は六日に月経（月水）の記載があるので、まだそれが続いていたとすれば、その時だけである。しかし幾度も書くが、一茶の狂おしい程の性交回数は、必ずしも子供欲しさのためではない。

話をもどすが、既に記した様に、菊は頻々として実家に帰る。しかし元来働き者であるから、一茶の所にもどってくると、野良仕事以外に、例えば文化十三年閏八月十八日には、栗ひろいに行き、一日がかりで一升ほど拾ってくる。また九月五日には中山に萱刈りに行き茸とり、栗などひろってくる。その他書き出せばきりがない。

九月十六日、一茶は江戸に向けて出立。江戸に入ってから、常宿にしている日暮里の本行寺の一瓢や久松町の松井宅、茨城県では守谷町の西林寺の鶴老の所、千葉県松戸市馬橋の大川斗囿宅他を幾度も尋ねて宿泊をかさねる。十月に入ってから、持病の疥癬《カイセン》(疥癬虫の寄生によっておこる伝染性皮膚病、別名皮癬《ヒゼン》)がでてくるようになるが、記録としては、十一月十日に本行寺に泊まったあたりから苦しむようになる。また同月十九日長年世話になった夏目成美が死亡した。

例によって、江戸〜千葉〜茨城を繰り返して行き来する。十二月十三日には皮癬が足の裏にも移り苦労するとの記載がある。

翌年(文化十四年)、依然皮癬に苦しんでいる。先年十二月二十二日から鶴老の寺に入り、本年一月二十四日まで滞在していたが、皮癬治療の為塩風呂に入っている。少しはよくなったのであろう。二十四日にはそこを出て、馬橋の大川斗囿を訪れ四泊する。二十六日には花嬌の友人で、富津の貞印尼が没。その後また松井宅、一瓢の寺（金百疋を貰う）、大川斗囿宅に泊り（百文を貰う）、次いで鶴老の寺に泊まる。なお一瓢は二月に本行寺から三島市玉沢の妙華寺に移る。この年以後一茶は出府しなくなるが、その理由のひとつは、一瓢が江戸にいなくなったためといわれる。

三月にはあまりにも有名な「ひぜん状」を菊宛に送る。いつの頃からこの手紙をこのように呼ぶようになったのかは、私は知らないが、内容の主なるものは、皮癬に苦しめられていることを綿〳〵と妻に訴えている所である。しかしそれと共に、留守中の妻への思いやりをこめた部分もあり、江戸時代の有名人の手紙として明らかになっているもので、夫婦愛がはっきり表現されている手紙としては珍しいので、しばしばとり上げられる。以下にその内容を紹介する。

菊あて（文化十四年三月）

〔『一茶遺墨鑑』所収／三月一日に松井宅に入り、そこから出した〕

其後御安清被成〔候〕哉、奉賀。されば、私、前便(1)に中越候通り、去十一月より、ひぜん発し、外へ行も延慮《（遠）》いたし居候所、十二月十三日より、足のうらへも腫《ハレ》候へば、山寺(2)に籠《コモ》り療治仕候。早直しの付薬も人々進め候へども、追込《オヒコマ》ん事をおそれて、さやうなる薬り《（ママ）》さっぱり用《モチヒ》ずして、出来次第にいたし置候所、今以ぢく〳〵膿水《ノウスイ》した丶り申候。毒立《（断）》等も一向に不仕候。食物等、常之通り不相替。しかし十一月より(3)今三月迄、丸四月、どち《（ママ）》へも行《ユカ》ず居り候へば、用むき一向に片付かず、こまり入候。当月中ごろより、そろ〳〵上総《カズサ》の方に可参候へども、正味四月一月《ヒトツキ》にて、五月廿一日(4)迄には、足を引ずりても墓《ハカ》参り支度、さやう候へば、四月一月《ヒトツキ》卅日之中には、用むき半分もらち明不申候と奉存候。何を申《マウス》も、ひぜんといふ人のいやがるものにできられたる此度の仕合《シアハセ》、是も前世の業因《ゴフイン》ならんと、あきらめ申候。

長〳〵の留主《ルス》、さぞ〳〵退屈ならんと察し候へども、病には勝《カタ》れず候。其方にはうす着になりて風でも引かぬやうに心がけ、何はたらかずともよろしく候間、十四日(5)十七日(6)の茶日ばかり忘れぬやうに頼入《タノミイリ》候。旧冬より此方《コナタ》は雪ちら〳〵したる事も有之候へども、一寸《イッスン》ともつもる事なく、埃《ホコリ》ぱっぱとかん〳〵道なれば、自由自在に馳歩《ハセアルカ》んと思ひけるに、ひぜんに引とどめられたる一茶が心、御推察可被下候。世俗にいふ通り、一升入の(7)徳利はいつでも一升きりより外這入《ハヒ》らずと、心にあきらめ申候。四月は上総に参り候間、手紙もおぼつかなく、長〳〵と申入候。かしく。

三月三日　　一茶

おきくどのへ

【註】

（1）前便――一茶はこの前には、菊に手紙を出していない。一月には佐藤魚淵宛に出している手紙の中で、ひぜんに苦しんでいる事を記しているが、それが売春窟で遊んだためと思われては困るという文面をつけている。

「吉田町廿四文でもなめたかと思はれんと……」

吉田町廿四文とは江戸本所の下級売春窟のことである。

「こがらしや二十四文の遊女小屋」（『八番日記』本文四八ページ参照）

（2）山寺――守谷の西林寺のこと。親友の寺をこのように呼ぶとはひどい。

（3）十一月より――一茶が西林寺に籠っていたのは、先記したように、十二月二十二日からである。その前は例によって各地の知人宅をまわっている。郷里に帰らぬ言いわけに、一茶はうそをついている。

（4）五月廿一日――一茶の父の弥五兵衛の命日。弥五兵衛は享和元年五月二十一日、六十九歳で没。
（5）十四日――祖母かなの命日。安永五年八月十四日没。
（6）十七日――母くにの命日。明和二年八月十七日没。
（7）一升入の――「一升入る柄杓へは一升より入らず」（『世間胸算用』五）
その他『枕草子』『沙石集』にも同じような諺が見られる。

先記したように、この年六月二十七日に江戸をたち帰郷の途につく。以後江戸に来ることはない。

文化十五年（文政元年）、一月を除いて相変らず旅に在る日が圧倒的に多い（ただし信州の、しかも柏原の近在地。遠くとも、せいぜい長野（文路宅）、湯田中（希杖宅）あたりまで。柏原にもどった折には、「菊女去七月孕みてより二百七十日なれば出産近きにより頼二赤川一一茶同道」（『七番日記』文化十五年三月二十一日）の記載がある。また四月十八日に菊を見舞った時には赤川への諸払いを済ませている（お産費用金一分と五百文を預け、柏原に帰る、四月十九日。このような記載は長男出産の時にはなかった）。また同月二十四日には、真綿二十文分を菊の実家に送る。四月二十五日には菊が男子を生む夢、及び二十七日には菊が安産をする夢をみている。

五月四日長女さと誕生。同日一茶は旅先から柏原に帰って来た。翌日赤川に菊を見舞う。これは長男出産の時とは大違いである。前に記したが、長男千太郎が生れた時は、徳左衛門から注意されて、十五日もたってから、初めて対面したが、今回は早かった。その理由はさだかではないが、前回の不首尾を後悔したのであろうか。この後夫婦は九日に隣の仙六宅で朝食をとっているが、菊は出産後幾日目から柏原にもどったのか、記載がない。しかしこの日から一茶は旅に出たので、菊はまた赤川にもどったであろう。おそらく前日に一茶と共に一泊だけして、それから二十七日まで実家にいた。一茶は十六日に家に帰り、十九日は菊の実家に一泊して、翌日から二十九日まで家にもどっていた。二十七日には、菊、さとが、菊の母と共に帰宅。母はそのまま泊まる。伴った下男に三十二文与えた。十月十六日、菊の実家が火災。託しておいた私物が焼けてしまう。

文政二年（一八一九年）、一茶五十七歳。句日記『八番日記』は、本年一月から四年末までの記録。また一茶の晩年の円熟度を示す代表作『おらが春』は、文政二年の元旦から歳末までの句文集の体裁をとる。ただし成稿は翌三年と推定されている。書名は、巻頭の「目出度《メデタ》さもちう位＊也おらが春」〔＊ちう位――「いい加減」「どっちつかず」の意の方言〕の句より、板行の際に中野の白井一之が嘉永五年（一茶没後二十五年）に名付けたものである。大部分の句が、『八番日記』のそれとダブっている。

しかしここには秀れたいくつもの文があり、その中には、長女さとへの愛情をこめたものが含まれている。以下その秀文とさとをうたった句、さらに菊への愛をこめた句、およびその他の親子の情をうたった文と句を紹介する。

こぞの五月生れたる娘(1)に、一人前の雑煮膳《ザフニゼン》を居《ス》へて

這《ハ》へ笑へ二ッになるぞけさからは(2)

こぞの夏(3)、竹植《ウ》る日(4)のころ、うき節《フシ》茂きうき世に生れたる娘、おろかにしてものにさとかれ迚《トテ》(5)、名をさとゝよぶ。ことし誕生日祝ふころほい(6)より、てうち〳〵あはゝ、天窓《オツム》てん〳〵、かぶり〳〵ふりながら、おなじ子どもの風車といふものをもてるを、しきりにほしがりてむづかれば、とみに(7)とらせけるを、やがてむしゃ

くしゃぶって捨て、露程の執念なく、直《タダチ》に外の物に心うつりて、そこらにある茶碗を打破りつゝ、それもたゞちに倦《アキ》て、障子《シヤウジ》のうす紙をめり〱むしるに、「よくした〱」とほむれば誠と思ひ、きゃら〱と笑ひて、ひたむしりにむしりぬ。心のうち一点の塵《チリ》もなく、名月の(8)きら〱しく清く見ゆれば、迹《アト》なき俳優《ワザヲギ》(9)みるやうに、なか〱心の皺《シワ》を伸《ノバ》しぬ(10)。又人の来りて、「わん〱はどこに」といえば犬を指《ユビサ》し、「かあ〱は」と問へば鳥にゆびさすさま、口もとより爪先《ツマサキ》迄、愛教《(嬌)》こぼれてあひ《(い)》らしく、いはゞ春の初草に胡蝶《コテフ》の戯《タハム》るゝよりもやさしくなん覚へ《(ゑ)》侍る。此お《(を)》さな(11)、仏の守《モ》りし給ひけん。逮夜《タイヤ》(12)の夕暮に、持仏堂に蝋燭《ロフソク》てらして、錀《リン》(13)打ならせば、どこに居てもいそがはしく這《ハヒ》よりて、さわらび(14)のちい《(ひ)》さき手を合せて、「なんむ〱」と唱《トナ》ふ声、しほ《(を)》らしく、ゆかしく、なつかしく(15)、殊勝《シユシヨウ》(16)也。それにつけても、おのれかしらにはいくらの霜をいたゞき、額《ヒタヒ》にはしは《(わ)》〱波(17)の寄せ来る齢《ヨハヒ》にて、弥陀《ミダ》たのむすべもしらで、うか〱日日を費《ツヒ》やすこそ、二ツ子(18)の手前もはづかしけれと思ふも、其坐《ソノ》(19)を退《ノ》けば、はや地獄の種(20)を蒔《マキ》て、膝にむらがる蝿をにくみ、膳《ゼン》を巡《メグ》る蚊をそしりつゝ、剰《アマツサヘ》仏のいましめし酒(21)を呑む。（是より見るにつけつゝ迄小児のさま(22)）折から門に月さしていと涼しく、外にわらはべの踊《ヲドリ》の声のすれば、たゞちに小椀《コワン》投捨て、片い《(ゐ)》ざりにい《(ゐ)》ざり出て㉓、声を上げ手真似して、うれしげなるを見る〔に〕つけつゝ、いつしかかれをもふり分《ワケ》髪㉔のたけになして、お《(を)》どらせて見たらんには、廿五菩𦬇《ボサツ》㉕の管弦よりも、はるかにまさりて興あるわざならんと、我身につもる老《オイ》を忘れて、うさをなんはらしける。かく日すがら㉖、をじかの角㉗のつかの間も、手足をうごかさずといふ事なくて、遊びつかれる物から、朝は日のたける㉘迄眠る。其うちばかり母は正月と思ひ㉙、飯焚《タキ》そこら掃《ハキ》かたづけて、団扇《ウチハ》ひら〳〵汗をさまして、閨《ネヤ》に泣声のするを目の覚《サメ》る相図《アヒヅ》とさだめ、手かしこく㉚抱《ダ》き起して、うらの畠に尿《シト》やりて、乳房あてがえ《(へ)》ば、すは〳〵吸ひながら、むな板のあたりを打たゝきて、にこ〳〵笑い顔を作るに、母は長〳〵胎内のくるしびも、日〳〵襁褓《ムツキ》の穢《キタナ》らしきも、ほと〳〵㉛忘れて、衣のうらの玉㉜を得たるやうに、なでさすりて、一入《ヒトシホ》よろこぶありさまなりけらし㉝。

蚤《ノミ》の迹《アト》㉞かぞへながらに添乳《ソヘヂ》哉

より〳〵思ひ寄せたる小児をも、遊び連《ツレ》にもと爰に集《アツメ》ぬ。

〔一茶自身がつけた横書は、（　）をして、ひらがなで文中に書き入れた〕

【註】

（1）こぞの五月生れたる娘――文政元年五月四日に生まれた長女さと。

（2）この句は『八番日記』文政二年一月にも載っている。「正月一日」の後書がついている。

（3）こぞの夏――文政元年。

（4）竹植る日――五月十三日。この日竹を植えれば根つくという。

（5）おろかにしてものにさとかれ迚《トテ》――生来はおろかでも、りこうになるように。賢いことを「さとい」ともいう。

（6）ころほい――ころ。

（7）とみに――すぐに。

（8）名月の――「きらきらし」の序詞。

（9）迹なき俳優――比類なき演技。ワザヲギは役者又は演技のこと。

（10）心の皺を伸しぬ――ここまでは、其角の「類柑子《ルイコウジ》」中の「ひなひく鳥」を参考にしたものであることは、勝峯晋風によって指摘されている（『一茶のおらが春』昭和二十四年）。この後段も前年中から構想されていたらしい（黄色瑞華『人生の悲哀――小林一茶』二一五～二一九ページ、文献欄参照）

(11)此おさな――幼児。
(12)迨夜――仏の忌日の前夜。一茶の家では十四日（祖母）十七日（母）二十一日（父）の外に十一日（生後一ヶ月足らずで死んだ長男）の仏もあったはずである。
(13)鈴――一茶の造字。「鈴」に通用された。
(14)さわらび――さわらびのような。
(15)なつかしく――何となく引きつけられる気持。
(16)殊勝――神妙なこと、真実の見えること。
(17)しは〳〵波――額の皺を波にたとえ、波のよせてくる形容。
(18)二ツ子――小さい子のこと。さと女は数え年二歳であった。
(19)其坐――礼拝の座。
(20)地獄の種――蝿をたたけば殺生戒、蚊をそしれば妄語戒を犯す。
(21)いましめし酒――五戒の一に飲酒戒がある。
(22)是より見るにつけつ〳〵迄小児のさま――この一茶の注記は、「ここから『見るにつけつつ』までが、小児の描写である」の意。
(23)片いざりにいざり出て――片ひざ立ててずり歩く。

(24) ふり分髪――髪を左右にふり分けて、肩の辺りで切っておく童形。
(25) 廿五菩井――念仏行者が命終の時には、二十五菩薩が紫雲に乗り、霊妙な音楽を奏しながら来迎するという。草冠に片仮名の「サ」の字を書く菩薩の略字を「丼ぼさつ」という。
(26) かく日すがら――終日。
(27) をじかの角――夏の鹿の角は短くて、ひと握りしかないので、「つかの間」の序詞となっている。「夏野ゆく小鹿の角の束の間も妹が心を忘れて思へや　人麿」（『万葉集』）。
(28) 日のたける――朝日が高くのぼる。
(29) 正月と思ひ――極めて気楽な形容。
(30) 手かしこく――手ばしこく。
(31) ほと〲――「ほとんど」から転じて全くの意。
(32) 衣のうらの玉――無上の宝の意。各自にそなわっている仏性に気づかぬのは、ある人が衣の中に縫いこまれてある宝珠を知らずに貧を嘆いていたのと同じである、という法華経授記品のたとえによる。
(33) けらし――けるらしの約で、「らし」は推量の助動詞であるが、ここでは詠嘆に用いてある。
(34) 蚤の迹――腹がけひとつで手足をばたばたさせている子に乳房をふくませながら、一つ二つと蚤の跡を数えているなごやかな母子風景。なお、この句は、『七番日記』文化十五年四月に発表したもので、さとの生れる一カ月前である。したがって元来はこの子をうたったものではないが、気に入っていたのであろう、ここにもう一度載せている。

楽しみ極《キハマ》りて愁《ウレ》ひ起る(1)は、うき世のならひなれど、いまだたのしびも半《ナカ》ばならざる千代の小松(2)の、二葉(3)ばかりの笑ひ盛りなる縁《(緑)》り子(4)を、寝耳に水の(5)おし来るごとき、あら〳〵しき痘《イモ》の神(6)に見込《ミコマ》れつゝ、今、水濃《(膿)》(7)のさなかなれば、やをら咲ける初花の泥雨《デイウ》(8)にしほ《(を)》れたるに等しく、側《ソバ》に見る目さへ、くるしげにぞありける。是《コレ》も二三日經《ヘ》たれば、痘はかせぐち(9)にて、雪解《ユキゲ》の峽土《カヒツチ》(10)のほろ〳〵落《オツ》るやうに、瘡蓋《カサブタ》といふもの取れば、祝ひはやして、さん俵法師《ダハラボウシ》(11)といふを作りて、笹湯(12)浴せる眞似《マネ》かたして、神は送りだした(13)れど、益《マス》〳〵よは《ワ》りて、きのふよりけふは頼みすくなく(14)、終《ツヒ》に六月廿一日(15)の蕣《アサガホ》の花と共に、此《コノ》世をしぼみぬ。母は死皃《シニガホ》にすがりて、よゝ〳〵と泣《ナク》もむべなるかな(16)。この期《ゴ》に及んでは、行水《ユクミズ》のふたゝび帰らず(17)、散花《チルハナ》の梢《コズヱ》にもどらぬくひ《イ》ごと(18)などゝ、あきらめ皃《ガホ》しても、思ひ切《キリ》がたきは恩愛《オンアイ》のきづな(19)也《ナリ》けり。

露の世は露の世ながらさりながら(20)

去《サル》四月十六日、みちのくにまからん(21)と、善光寺(22)迄《マデ》歩みけるを、さはる事ありて止《ヤ》みぬるも、かゝる不幸あらん迚《トテ》、道祖神《ドウソジン》(23)のとゞめ給《タマ》ふならん。

【註】

(1) 楽しみ極りて愁ひ起る――「歓楽極まりて哀情多し」(『漢武帝秋風辞』)、「楽極れば必ず哀生ず」(『烈女伝』)等。

(2) 千代の小松――千年も経るべき小松。

(3) 二葉――草木の芽出し二葉の意。

(4) 縁り子――小児の美称。

(5) 寝耳に水の――俗諺。思いかけぬこと。

(6) 痘の神――天然痘。昔は疫神の仕業と考えられていた。

(7) 水濃――発疹が水ぶくれとなった状態。

（8）泥雨――泥まじりの雨。
（9）かせぐち――かわき時。
（10）峡土――峡は、山の谷へ傾斜する面。
（11）さん俵法師――米俵の丸い藁蓋。さんだらぼっちともいう。ただしこれには異論もある（黄色瑞華『人生の悲哀――小林一茶』二一三ページ参照）。
（12）笹湯――酒湯の転訛。本来は痘瘡がいえてから酒を加えた湯に入浴させることであるが、疫病神を追い出すことが目的なので、笹の葉でこの湯をさん俵にふりかけ、しぼり手拭いで痘のあとを押える程度にする。
（13）神は送りだした――ここではさん俵に赤い御幣を立て供物をのせて川に流すことを言う。
（14）頼みすくなく――生存の望みが少なく。
（15）六月廿一日――風間本八番日記同日の記に、「さと女此世に居事四百日一茶見新《ママ》百七十五日命なる哉今己の刻没」（「新」は「親」の誤り）とある。己の刻は今の午前十時ころ。
（16）むべなるかな――もっともである。
（17）行水のふたゝび帰らず――閑院「さきだたぬ悔の八千度悲しきは流るゝ水の帰りこぬなり」（『古今集』巻十六）

(18)くひごと―残念なこと。ここは「ぐち」の意に用いている。

(19)恩愛のきづな―愛欲が人の心の自由を奪うことをいう。

(20)この句は、『七番日記』文化十四年五月の部に、「悼」と前書して、中七を「得心ながら」としたものの転用である。その意は、「露のようにはかない世の中だとは承知している、そうだけれども、あきらめ切れない」というもので、他人に対する弔句である。誰を悼んだのかわからないが、その前年四月に死んだ長男の一周忌の句かもしれないとの説もある。だが長男の死をどれほど悲しんでいたのか疑わしいので、この説は信じがたい。しかし愛娘さとを失った悲しみから、「得心ながら」を「露の世ながら」にかえ、この語をダブらせて深い真情を吐露していることは間違いない。

(21)四月十六日、みちのくにまからん――これはうそである。何故ならば、『八番日記』(風間本)のこの月には、これに該当する記載がない。

(22)善光寺――今の長野市。柏原から約二十二キロ。

(23)道祖神――道路の守り神。「道陸神《ドウロクジン》」、「さえの神」ともいう。

七月七日　墓詣《ハカマキリ》

一念仏《ヒトネブツ》申《マウス》だけ*しく《(敷)》芒《ススキ》哉

＊申だけ――申す間だけ。

この句は『おらが春』に載っている。さと女没後十七日目である。墓前の薄を折り敷いてひざまづいた。『八番日記』（風間本）には「晴小雨夜晴」と記しているだけである。

秋風やむしりたがりし赤い花

「さと女卅五日墓」の前書がある。さとの三十五日法要の時の句である。『八番日記』（風間本）の七月二十四日の記事は、只「晴墓詣」とあるだけだが、『おらが春』に記されているこの句は素晴らしい。

墓地に咲いている「赤い花」を目にして、生前のさとの様子がその上に二重映しになっている。それは、十四話〔筆者註――一茶はこの文の中で、いくつもの話題を載せているが、さとの死について語っているのはその十四番目である」に引いた「宿を出て雛忘《ヒナワスル》れば桃の花」（猿雖）の世界である。文政版『一茶発句集』には、中七を「むしり残りの」と改めたものが収められているが、「むしりたがりし」と、さとの気持ちを詠み込んだこの句の方に作者の心がよく表れている。なお『おらが春』には、「さと女笑兒《エカオ》して夢に見へ《(え)》けるまゝを」と前書した「頬べたにあてなどしたる真瓜《マウリ》哉」という句もあり、さとの死による悲しみは深く癒《イヤ》しがたいものだったことが解されよう（黄色瑞華『人生の悲哀――小林一茶』二三七～二三八ページ）。

『八番日記』（文政二年九月）では、「真瓜哉」ではなく、「頬べたにあてなどするや赤い柿」とあるが、「真瓜の方が夢に抱いた子の量感がある」と川島つゆは書いている（『蕪村集一茶集』四七一ページ）。

たか丸の死

この文は、『おらが春』の最初の方に記載されている。順序としては、第二話にあたる。したがってさとのエピソードの前である。内容は明専寺の住職の息子が川におちて一命を失なったことでの両親の悲しみを書いている。この僧は日ごろ人に無常を説いているが、自分の子の死になると、人目も恥じず大声で泣き悲しんでいる。このことから恩愛のきずなは、僧侶であっても、人間として共通のものである。以下その文を記す。

妙専寺(1)のあこ法師(2)たか丸迚《トテ》、ことし十一に成りけるが、三月七日の天うら〳〵とかすめるにめで、ゝくは《(わ)》んり《(れ)》う(3)といふふとくたくましき荒法師を供して、荒井坂(4)といふ所にまかりて、芹《セリ》・薺《ナズナ》などつみて遊ぶ折から、飯綱《イヒヅナ》(5)おろしの雪解水《ユキゲミヅ》黒けぶり立て、動く〳〵と(6)鳴りわたりておし來たりしに、いかゞしたりけん、橋をふみはづしてだふりと落たり。「やあれ観了《クワンレウ》たのむ〳〵」と呼《ヨバ》はりて、爰《ココ》に頭《カシラ》いづると見れば、かしこに手を出しつゝ、たちまち其《ソノ》聲も蚊のなくやうに遠ざかると見るを此世の名残として、いたましいかな、逆巻く波にまき込まれて、かげも容《カタチ》も見へ《(え)》ざりけり。あはや(7)と村の人〴〵打群《ウチムラガ》りて、炬《タイマツ》をかゝげてあちこち捜しけるに、一里ばかり川下の岩に、はさまりてありけるをとり上《アゲ》て、さま〴〵介抱しけるに、むなしき袂《タモト》(8)より蕗《フキ》の薹《タウ》三つ四つこぼれ出たるを見る〔に〕つけても、いつものごとくいそ〳〵歸りて、家内へのみやげのれう《(料)》にとりしものならんと思ひやられて、鬼をひしぐ山人《ヤマウド》(9)も皆〳〵袖をぞ絞りける。とみに⑽駕《カゴ》にのせて初夜過《スグ》るころ⑾寺にかき入れぬ。ちゝ母は今やおそしとかけ寄りて、一見見るより、よゝ〳〵と人目も恥《ハヂ》ず大聲に泣《ナキ》ころびぬ。日ごろ人に無常をすゝむる⑿境界《キョウガイ》⒀も、其《ソノ》身に成りては、さすが恩愛のきづな⒁に心のむすび目⒂ほどけぬはことは《ワ》り也けり。旦《アシタ》には笑ひはやして⒃門出《カドデ》したるを、夕《ユウベ》には物いはぬ屍《カバネ》と成りてもどる。目もあてら〔れ〕ぬありさまにぞありける。しかるに九日野送り⒄なれば、おのれも棺《ヒツギ》の供《トモ》につらなりぬ。

思ひきや⒅下《シタ》萌《モエ》⒆いそぐわか草を
野辺(邊)のけぶり⒇になして見んとは　一茶

長《ナガ》〳〵の月日、雪の下にしのびたる蕗・蒲公㉑のたぐひ、やをら㉒春吹《フク》風の時を得て、雪間《ユキマ》〳〵をうれしげに首さしのべて、此《コノ》世の明り見るやいなや、ほつりとつみ切らるゝ草の身になりなば、鷹《タカ》丸法師の親のごとくかなしまざらめや㉓。草木国(國)土悉皆《シツカイ》成佛《ジャウブツ》㉔とかや、かれらも佛生(性)㉕得たるものになん㉖。

【註】

（1）妙専寺――明専寺が正しい。柏原にある真宗の寺。一茶の家の菩提寺。
（2）あこ法師――子供法師。「あこ」とは子供を親しみこめて呼ぶ語。明専寺十九代秀栄の次男。
（3）くはんりう――観了《くわんれう》は明専寺の弟子僧。
（4）荒井坂――柏原の南方八キロ。樽川という川が流れている。
（5）飯綱――柏原の西南にそびえる山。
（6）動〳〵と――すさまじい水勢の擬音のこと。
（7）あはや――本来の意は、「もう少しであぶなく……するところ」の副詞的使用だが、ここでは、「さあ大変だ」の意。
（8）むなしき袂――死骸となった子のたもと。
（9）鬼をひしぐ山人――一茶の『方言雑集』に、「やまうど山人」の語がある。鬼でもねじふせるほどの荒々しい男のことである。
（10）とみに――さっそく。
（11）初夜過るころ――ここでは、今の午後八時から十時ころまでをいう。戌の刻から亥の刻頃まで。

(12) 無常をすゝむる――無常の理を説いて信心をすすめる。
(13) 境界――境涯と同意。
(14) 恩愛のきづな――二一二ページの註19参照。
(15) 心のむすび目――うつ〳〵としている状態。
(16) はやして――最初の文では、「ののしりて」であったのを「はやして」に改めた。
(17) 九日野送り――三月九日、タカ丸葬。
(18) 思ひきや――思いかけたろうか、決して思いかけなかった。「や」は反語。
(19) 下萌――春の初めに、地中から芽がもえ出る。ここではたか丸のこと。
(20) 野辺のけぶり――野辺送りのけむり。火葬の煙。
(21) 蒲公――蒲公英《タンポポ》のこと。
(22) やをら――ようやく。
(23) や――反語
(24) 草木国土悉皆成佛――非情の草木土石でも、ことごとく成仏できる本性を持つの意。
(25) 佛生――仏性《ブッショウ》のこと。一切の衆生《シュジョウ》が備えている、仏になれる本性。
(26) ものになん――「ありける」の省略形。

この話は勿論事実をもとにつくっており、『風間本八番日記』の文政二年三月七日に「妙専寺内タカ《（鷹）》丸荒井坂ノ川ニ入没　十一才　観了々々ト呼ブト云々」の記事がある。また「思ひきや……」の俳諧歌は、同日記同月の「思ひきやもへ《エ》盛りなるわか草を野辺のけぶりになして見んとは」（『梅塵本』にも所収）の「もへ盛りなる」を「下萌いそぐ」に換えたものである。

なおこの文は、既に紹介した「さとのエピソード」の伏線的効果を果たしている（黄色瑞華『人生の悲哀――小林一茶』二〇八ページ）。

さとについての十四番目の句文の後に、「其引《ソノイン》」と題をつけて子供をうたった先人の発句を二十（ただし先にのせた猿雖の作を除いて）と俳諧歌を三首挙げているが、その中で一茶に強い影響を与えた其角《キカク》の句と「よみ女しらず」と一茶が記した素晴らしい句をここに紹介する。

「其引」とは、ここでは子供を主題にした句文に続いて、その誘引となる諸家の子供の句の意であろう（川島つゆ校注『蕪村集一茶集』四六〇ページの注釈）。

一茶は二十五歳（天明七年／一七八七年）の時に其角の作品を模倣したらしい句を発表し

ている「是《コレ》からも未《マ》だ幾《イク》かへりまつの花」（『真佐古《マサゴ》』）。これは一茶作品の初出らしい。二十六歳の時は十三句、二十七歳（寛政元年）では、私の知っているのは六句だけだが、いずれもよい作品とは思えない。しかし文化三年二月十九日の其角の百年忌でつくった追悼句「春の風草にも酒を呑《ノマ》すべし」（『文化句帖』文化三年二月）はよい句と思うがどうか。次にずっと後になって、『八番日記』文政四年九月の句に、「手拭をつぶりに乗せて月見哉」があるが、これは其角の「丸盆をあたまにのせて月見哉」の模倣である。またそっくりそのままの句「もち花や鼠の目に八《（ママ）》よしの山」がある。これは其角が『五元集拾遺』の中で発表している。これを梅塵が『一茶発句集続篇上下』（『一茶発句集』で洩れた作品を集めたもの）を編集した時に、一茶の作品として載せようとしたのだが、一応の清書が終った段階で、江戸の俳人巒寥松《ミネリョウショウ》に本書を送り、校閲してもらった所、其角の作品であることがわかった。一茶は二万近い句をつくっているので、その中にまぎれこんだのであろう。また残念なことに、この『一茶発句集続篇』は現在まで出版に至らなかった。それはともかくとして、既に記したように一茶は其角の影響を強く受けており、そのため其角の作品の引用は多いが、その中には勿論連句もあり、そのひとつが、『ほまち畑』（文政六年十月）に載っている。

ひとつ松（1）この所より浦の雪（加生）
鴨《（鴫）》（2）こ《（越）》す峰を入《イル》かたの月（其角）（『いつを昔』天禄三年刊）

【註】

（1）ひとつ松――唐崎の一つ松、歌枕。
（2）鴨――『いつを昔』により「鴫」と訂正。

そこでここには、其角の子をうたった句をのせる（三首）。

折《オル》とても花の木《コ》の間《マ》のせがれ哉（1）

はしとり初《ソメ》たる日
鵙《モズ》鳴《ナク》や赤子の頬《ホホ》をすふ時に（2）

娘を葬りける夜

夜《ヨル》の鶴《ツル》土に蒲團も着せられず(3)

【註】

（1）折とても……――致し方なし、花盗人は他人ならぬせがれだもの。一茶は文化八年にこれを模倣した句をつくっている。「花の木にざっと隠るるせがれ哉」（『我春集』文化八年）「ざっと」とは、「あらまし」とか「おおかた」の意。

（2）鵙鳴や……――生後百余日で食いぞめの日を迎えたわが子への愛情の発露と、鵙の高音との瞬間的把握。

（3）夜の鶴……――「焼野の雉、夜の鶴」は、子を思う情の切なさにたとえる。其角は四十六歳の時次女三輪をうしなった（宝永三年）。『五元集』には、「霜の鶴土へふとんも被されず」とある。

次の句は、「よみ女しらず」の作となっているが、実は一茶のつくったものかもしれない。一茶は自分の名を入れないでかなりの句を出しているからである。

その内容は、亭主に嫌われて実家にもどされた女が、五月節句に子供に会いたくて、夜こっそりと先日までの嫁ぎ先の門の所に来て、幟を見るという哀感切々たる句で、前後に短文がついている。

男にきらはれて、親のもとに住みけるに、おのが子の初節句見たくも、晝は人目茂げ《(ママ)》ゝれば、

去られたる(1)門《カド》を夜《ヨル》見る幟《ノボリ》(2)かな

子を思ふ實情、さもと聞へ《(ゑ)》て哀《アハレ》也。「猛《(ママ)》き(3)ものゝふの心を和《ヤハ》らぐる」とは、かゝる眞心《マゴコロ》をいふなるべし。いかなる鬼男《オニオトコ》なりとも、風の便りにもきゝなば、いかでか、ふたゝび呼び歸さざらめや。

【註】

（1）去られたる——離別された。説話伝承の句で、『武玉川』七編（一七五四年刊）その他に

図一　第三図『東海道名所記』

類似形で見える、という。
(2)幟——五月節句に立てるのぼり。
(3)⿰犭勇き——一茶の造字か、それとも「猛き」の誤記か。

この句の異形が、『七番日記』に「すみ人しらず」の添書が付いて載っている。「闇紛れそっと見に来る幟哉」(文化十五年五月)。しかし『おらが春』に引用されている句の方が素晴らしい。

ところで、『おらが春』には八面の挿絵があるが、一茶全集によれば、さらに挿絵を予定して紙面を空けておいた所もある、とのことである(『一茶全集』第六巻、一三四ページ)。この八面の挿絵について、山口剛は次のように指摘している。すなわち、第一図は『日本永代蔵』巻六・巻五、第二図も『日本永代蔵』巻五・巻二、『艶道通鑑』の敷き写し、第三図は『東海道名所記』、第五図以下は『艶道通鑑』からそれぞれ別の絵を組み合わせたり、着物の柄を変えたり、あるいは髪型を変えたりしながら敷き写したものである（山口剛『おらが春の挿絵』〈日本文学講座〉、新潮社、昭和二年）。これらは一茶の文とは全く関係はないが、参考までに第三図を載せた。

第三図の詞――飛脚「ヤッサ、コリャサ、何時デゴザリマセウナムシ*」　僧「ヒツジ一歩ミ近ヅキテ候」（川島つゆ校注『蕪村集一茶集』四四四ページ）

＊ナムシ――接尾語。一茶の『方言雑集』に「ナムシ越後」とある。ヒツジは午後二時頃。

一茶は文政二年には、八月も二十日間ほど旅をしているが、十五夜には高井野（上高井群高山村堀の内）の梨本氏（稲長の氏、一茶門、酒造家）の所にいて、菊によせる句をつくっている。「**古郷《フルサト》の留主《ルス》居も一人月見哉**」（『おらが春』）ここで言う「古郷」は、勿論柏原である。この日は月食皆既《カイキ》になっていた。亥の七刻左の方より欠け始め、子の六刻甚く、丑の五刻には右の上で終わる。

一茶自身は、その夜の月見を弟子たちに取り巻かれておこなっていたのであるが、さとを失った傷心から、一人で留守居をしている妻と同様に孤独を感じていたのかもしれない。しかし妻への思いやりは一時的なものであった。これについては後に記す。

菊は既に記したように、たいへんな働き者であったが、ちょく〳〵実家にもどった。特に一茶が家にいないときは、ほとんど実家にいた。したがって一茶が月見をした夜は、嫁ぎ先にはいなかったであろう。だがもどってくる時は、しばしば米を始め食料品を携えてきた。また嫁ぎ先にいる時でも、赤川から食料品や酒が繰り返し届いた。しかし一茶と菊の仲は円満ではなかった。文政三年一月でも、菊の父の中風が再発し、悪化している時菊が見舞いに行ったが、一茶は家にいた。それればかりか、菊が実家より帰って(一月十二日)六日後赤渋の冨右衛門、仁之倉の伝右衛門、牟礼村荒井坂の遊月等が年始に来て、一茶は酒を飲みまくった。こうした事情もあって、特にこの月の二人の仲はかなり険悪で、そのため仲人の仁之倉の徳左衛門が菊をなだめに来た。それで二人の仲は少しはよくなったのかどうか、その年の十月には二男石太郎が生れた。

一茶は石太郎の生長を祝う句を、十月に二首つくっている。

木がらしを踏みはり留よ石太郎（『風間本八番日記』文政三年十月）

岩《(巌)》にはとく《(疾)》なれさゞれ石太郎（『風間本八番日記』文政三年十月）

ところで、彼はそれから十日後（十六日）に豊野町の雪道ですべった拍子に中風になり、柏原の家にかつぎこまれた。半身不随は勿論、口もまがってしまい、生れたばかりの石太郎と枕を並べて寝込んだ。大根汁の自家療法でよくなってきたというが、しかし十二月一日に足だめしに古間まで歩いて、坂の途中で二度休む程の状態であって、まだ全快していない。十二月七日に松戸の馬橋の斗囿《トユウ》(立砂《リユウサ》の息子、一茶の経済的庇護者、文政から天保にかけて北総俳壇で活躍した油商）あてに秋野の大判一枚刷十枚（一茶句入）と全百疋の御礼の手紙を出しているが、その中で、まだ中風は完全に直っていない。しかし来年三月頃には斗囿の家を訪ねたい、と書いている。

石太郎は翌年一月十一日に死んでしまったが、これについて一茶は、菊を痛罵する一文を執筆している。ひどい言いがかりだが、一応ここに載せておく。

〝女子と小人はやしない(養)がたし(1)。遠ざくれば妬《ネタ》ミ、近づくれば不孫《フソン》(2)〟迚《トテ》、さすが
の聖人(3)溜息《タメイキ》してあぐみ給ふ(4)と見えたり。まして末世ニおいてをや。

老妻菊女(5)といふもの、片葉の芦の(6)片意地強く、おのが身のたしなミになるべ
きことを人の教《オシユ》れば、ウハの空吹《フク》風のやかましとのミ露〳〵守らざる物から、小児二人
(7)ともに非業《ヒゴフ》の命うしなひぬ。この度は三度目に当れバ、又前の通りならんと、いとゞ
不便《フビン》さに、磐石《バンジャク》の立《タテ》るに等しく、雨風さへこととせずして、母に押《オシ》つぶさるゝ事な
く、したゝか長寿せよと、赤子を石太郎となん呼《よべ》りける。母にしめ(示)していふ。「此《コノ》さゞ
れ石、百日あまりにも経て、百貫目のかた石となる迄《マデ》、必《カナラズ》よ背に負ふ事なかれ」と、日
に千度いましめけるを、いかゞしたりけん、生れて九十六日といふけふ、朝とく背おひ
て負ひ殺しぬ。あはれ、今迄うれしげに笑ひたるも、手のうら返さぬうち(8)、苦《ニガ》〳〵
しき死兒《シニガホ》を見るとは。思へば石と祝したるハ、あだし野(9)ゝ墓印《ハカジルシ》にぞありける。かく
災ひにわざはひ累《カサ》ぬるハいかなるすくせ(宿世)の業因《ゴフイン》にや。

悪い夢のみ当りけり鳴く烏

かゞミ開きの餅祝《イハイ》(10)して居《ス（ゑ）》へたるが、いまだけぶりの立《タチ》けるを。

㝡《モ》ウ一度せめて目を明け雑《ザフ》煮《ニ》膳《ゼン》

十七日墓詣

陽《カゲ》炎《ロフ》や目につきまとふわらひ（笑）顔(11)

文政四年正月十七日捻香《ネンカウ》　五十九齢　一茶

行《ユク》水の迹《アト》へもどらぬくやミとはしりツゝ泪ながれつる哉(12)

むごらしやかはひやとのミ思ひ寝の眠る隙《ヒマ》さへ夢に見へ《ヱ》ツゝ(13)

仝

（『一茶遺墨鑑』所収）

【註】

(1)女子と……――『論語』陽貨篇にある一節。以前はよく引用された。
(2)不孫――不遜。おごり高ぶる。
(3)聖人――孔子。
(4)あぐみ給ふ――もてあましなさる。
(5)老妻菊女――当時菊は三十五歳。一茶は怒りのあまり、このようにあしざまに言った。
(6)片葉の芦の――「片意地」の序詞。
(7)小児二人――長男千太郎、長女さとの死。勿論、菊には何の落度もなかった。
(8)手のうら返さぬうち――短時間のたとえ。
(9)あだし野――京都小倉山のふもとにあった火葬場であるが、ここでは単に墓地の意。
(10)かゞミ開きの餅祝――正月十一日、鏡餅を割って雑煮にする。
(11)『風間本八番日記』(文政四年一月)にも載っている。
(12)『風間本八番日記』(文政四年一月)では、「行木《（水）》のか〔へ〕らぬこひ《エ》ぞ〳〵とはしりつゝ涙流れける哉」となっている。
(13)(同)「俤《オモカゲ》のてうちあはゝを思ひ寝の眠る隙《ヒマ》さへ夢に見る哉」

一茶が菊に生ませた子は、すべて虚弱児であった。それは全く彼のせいだと思う。それにしてもこの文はひどい。誰でもわかることだが、ふつう背負ったくらいでは、生後九十日以上たっている子は死なない。原因は勿論ほかにある。それにしても、石太郎を失った菊の悲嘆は一茶の悲しみをはるかに超えるものだったに違いない。しかし一茶はそれには言及しない。それどころか、石太郎の死について、ねち〳〵と執拗に繰り返し菊を責め立てた。

菊は通風のため、四月より八月中旬に至るまで病臥した。このようにひどかったのは、石太郎の死に加えて、一茶の責めがかなり影響したに違いない。菊の通風のひどさについて、一茶は長野の文路宅に滞在中その報をうけて、浅野の文虎《ブンコ》宅に寄らずにすぐ帰宅した。後日（五月七日）文虎あてに行けなかった理由を書き、さらに文虎の近作を評した。

御安清被成候様、奉賀候。されば卯月廿二日、善光寺より浅野通り（1）心当《ココロアテ》に候へば、坊主（2）通風（3）にて三好屋（4）より直《スグ》に帰り候。いまだ常臥にてこまり申候。其次に□（5）薬し、後たよりにと申残候。可祝。

五月七日

蚊いぶしも連《ツレ》て引《ヒッ》越《コス》木陰かな
縁《エン》はなや上手に曲る蝸牛《カタツムリ》(6)
小田山(山田)や稗《ヒエ》を植るも今様唄(7)

など指かむばかりに候。

一茶

文虎大人(8)

〔『一茶全集』第六巻、三九三〜三九四ページ〕

【註】

(1) 浅野通り——善光寺から柏原には、北国街道のほか、浅野方面を通る間道がある。

(2) 坊主——一茶の妻、菊。浄土真宗では僧の妻を坊守と呼ぶ。一茶の家は浄土真宗であり、一茶は僧形をしていた。だから坊守と呼びたい所だが、本当の僧ではないので坊主と書いたか。

（3）通風――高尿酸血症。繰り返される急性関節炎発作、通風結節を主症状とするが、以前はその周囲組織・骨髄・骨膜などの炎症も通風といった。

（4）三好屋――善光寺新町の上原文路宅。

（5）□――ここに両眼とまゆの絵がある。

（6）『風間本八番日記』（文政四年五月）に「わり垣や上手に落るかたつむり」（『梅塵本』（文政四年）では「わら垣や……」）。

（7）『風間本八番日記』（同年六月）

（8）文虎――浅野（上水内郡豊野町）の油屋で、一茶の最も忠実な門人であった。

一茶は四月下旬から九月下旬まで家にいた。やはり菊に言いすぎたことを後悔した所もあったのかもしれない。なお『梅塵本八番日記』（文政四年）には、石太郎を思う句（おそらく八月）が載っている。

石太郎此世にあらば盆踊

一茶は九月から旅回りを始めたが、十月にはまたもどり、十二月には勝手な言い分を書きつらねた「伝馬役金免除（万屋弥市に役金を課すよう）」の歎願書を、本陣の中村六左衛門（観国）に出す。一茶は父弥五兵衛が死んだ年（享和元年／一八〇一年）から、父の遺言により父の屋敷半分を長男の自分が相続するものとして、その権利の保留のため役金を納め続けたが、国に帰って七年も過ぎ、これ以上役金を納めたくないので、この訴状を書いた。

中上候事

正月二日集会の節、万屋弥市(1)どのは、役金(2)などいくら出すものやら一向にしらざるよしに候。私は享和元酉のとし(3)より、文化十年酉迄、金一歩づゝ御上納同様上納仕候。御帳面御改可被下候。其内享和元より文化十迄十三年のうちは江戸住居、又は岡右衛門(4)どの、家の小隅借りて住むうちも、空家に金一歩づゝ上納仕候。弥市などは祭り桟敷《サジキ》になぐさみの銭散じながら、上納同様の役銭出出《(ママ)》さず、桟敷かけるちからなき私が、か丶ささず《（ママ）》役料とらる丶事、闇夜の草原歩くやうに分りかね候。あはれ、晴天白日たる明鏡の御心に御尊察可被下候。おのれ中風此かた歩行心のま丶ならず、出入の度に駕賃に追ひまくられて困窮の上に、生れるの死ぬの、又生れるの死ぬのと、大《オホイ》にこまり候。なよ竹の直ぐ《（濁ママ）》なる御捌《サバキ》にて、役金ちとの間休《ヤスマ》せ可被下候。其代《ソノカハ》り今迄長くよい子の顔して休みたる弥市より、役今《（金）》は御取り立被下候はゞ、生々世々有難く奉存候。参上候而御ねがひ申べく所、今日御他駕のよし、夜は中風の名残り、老足よろ〱と、川におちん事のおそろしく、如斯候。御憐み給へ。

文政四年十二月二十九日

おいぬばゞ《（濁ママ）》より

第三番目百姓弥太郎

当村御奉行所御役人様

春のころ、権左衛門（5）様・喜左衛門（6）様・半左衛門（7）様の御耳に入置候。よろしく御勘弁（8）被遊《アソバレ》可被下候。

【註】

(1)万屋弥市——一茶の本家筋。したがって姓は小林。一茶宅のむかいに住む。

(2)役金——伝馬役金。公用旅行者のために、人馬の継立《ツギタテ》・休泊・川越の準備などをする課役を伝馬役という。幕府、大名はこれを街道の各宿場に課した。それを行う代わりに納める金を役金という。柏原では一戸につき、年に二分であったが、一茶の家は弟とふたつに分割したので、折半の一分。

(3)享和元酉のとし——父弥五兵衛の死んだ年。既に記したように、一茶は遺言により家を含め財産の半分を相続していた。

(4)岡右衛門——一茶は文化九年十一月に江戸から帰郷しても、弟の家には泊まらず、明専寺入口の岡右衛門宅の一隅を借りて住んでいた。

(5)権左衛門——柏原の名主。中村氏。

(6)喜左衛門——同村の宿年寄。

(7)半左衛門——同組頭。

(8)御勘弁——配慮してほしい。許してくれという意ではない。

村役人に出した訴状である。「おいぬばゞより第三番目百姓弥太郎」などとふざけているが、これは本陣の中村六左衛門（観国）が一茶の友人であるから。一茶は弟との亡父の遺産交渉で帰郷した折は、実家に泊まらず、彼の家を宿としている。柏原に帰ってからは特に深く交際している。羽振りよくふるまっている弥市を恨んでの訴状である。願書の最初では、「万屋弥市殿」と書き出しているが、途中から「殿」がなくなって、「弥市などは」となり、さらに「長くよい子の顔して（役金を）休みたる弥市」という表現になっている。桟敷席については、柏原の諏訪社の祭礼のとき歌舞伎等が上演されるが、この芝居のとき、有力者は桟敷に席をとって見物した。席は本桟敷十七、付桟敷十六であり、弥兵衛（仙六）、弥市は付桟敷の「上」に席をとっている。これは柏原村民の地位を示すバロメーターであって、一茶は桟敷にはあがれない。一茶はこのことを多いにひがんでいた。また弥市は、遺産相続問題がおこって、文化五年に「取極一札之事(1)」を取り交した時も、文化十年に「熟談書附之事(2)」を取り交した時も、一貫して仙六の味方となっていた。このこともあって一茶は深く恨んでいた。しかし弥市が仙六の肩を持つのは無理のないことであった。

　一茶が家を出た安永六年（一七七七年）頃の一茶の家の持高《モチダカ》は三石七斗一升しかなかった。しかし寛政三年（一七九一年）、十五年ぶりに一茶が帰郷した時、持高は十石八斗六升にたかまっていた。即ち出郷時の約三倍である。継母と仙六は実によく働いた。その後、農村不況のために家産はしだいに減って、父が死んだ享和元年（一八〇一年）には七石九升におちた。もしこの時分配していれば一茶の取得分はかなり少なかったはずである。しかしそれから七年ぶりに帰郷した（父の七回忌、文化四年）時は、再び増加していた（文化元年、一八〇四年、以後九石一斗）。そして遺産分割の「取極一札之事」を取り交した文化五年の時点ではさらに増えて十一石二斗八升一合になっていた。これはまさに継母と仙六の血と汗の結晶であった。一茶はこれを折半すると五石六斗四升五勺の取り分になる。

一茶の言い分はこうだ。

父の遺言通り弟と財産折半一銭一厘の過不足なく配分してもらいたいというのだ。それについては、今年文化五年の現在高を規準にして、田畑、山林、家屋のような不動産、世帯道具や収穫物のような動産の端々まで算《カゾ》えあげ、そのほか、確かにあったと一茶の記憶に残っている物で、今仙六が算えあげないものがあれば、「あれはどうした。それがあるはずだ。隠しているのではないか」と追及してすべて吐き出させたらしい。それが取り交し文書に「紛失物迄、相済み候上は……」という文言になり、しかも「紛失物迄」の箇所に一茶の印を捺させたという事実になって、一茶がいかに強引におのれの言い分を主張したか、その場の空気を如実に物語るものであろう。

（北小路健『一茶の日記』三三一ページ）

立ち会った人々は、一茶の常軌を逸した欲張りとしつこさにあきれたに違いない。特に弥市はその感を強くしたことであろう。しかし一茶の要求はこれだけにはおさまらなかった。この一年後即ち文化六年五月に彼が持ち出した内容は、五年の時点では、頭に浮かばなかった以下の条件である。それは遺言書の発効はそれがおこなわれた年――つまり享和元年（一八〇二年）からのものであるべきだ。してみると、得米も、半分弟に貸した形になっている家賃も、享和元年から文化四年までの七カ年間分を当然自分が受け取っていいわけだと一茶は考えた。そこまでさかのぼって請求するという手に出たわけである。この新提案は、仙六にとっては平地に波瀾をおこす強引な申し入れと映ったに違いない。遺産分割相続の件は、細かい点まですでに談合済みで、「取極一札之事」のなかに盛りこまれたはずだ。「それなのに何を今さら」という反撥がぐっとこみあげてきた。

一茶もこういう申し入れをすれば、必ず相手は頑強に抵抗してくるだろうという懸念は抱いていた。だからこそ、信州の地に入るにあたって、まず生母の実家宮沢徳左衛門宅をたずねた。一茶の新たな提案を聞いた徳左衛門は、ずいぶん強引で虫のいい提案だと思ったに違いないが、一茶の気迫を感じ取って、〝ここまできたら、とやかく助言をしてみてもはじまらないだろう。やらせてみるか〟という気になったのかもしれない。むろん一茶自身この申し入れが、やすやすと受け入れられるだろうとは考えていない。〝むずかしいことになるに違いない〟という暗い見通しがあった。

（北小路健『一茶の日記』四五〜四六ページ）

事実この話し合いはこじれた。掛け合いは、以後四年続いた。仙六にとっては、あらたに一茶が申し出た三十両は、到底払える金額ではない。しかし一茶は、最後の切り札を出した。それは、仙六が承服しなければ、この件を江戸勘定所え上訴のため、一月二十七日に江戸にたつ、と言うのである。一茶は父の十三回忌に出る事もあって、文化十年十九日に柏原に帰って来ていた。この請求は、二十六日にこの場に同席していた徳左衛門、弥兵衛（専六）、弥市らの前で述べられた。しかし実際の所、当時の江戸での一茶の立場では、訴え出た所で取り上げられるかどうかは疑問であるし、仮に取り上げられたとしても、仙六の言い分の方が筋が通っているから、心配はないのだが、何せ信州の雪深い里の人々にとっては、江戸の評定所に訴えられると聞いただけで震え上ったに違いない。とにかく、一茶の計算と周到な準備（それは訴え出るとの脅かしだけで充分で、そんなことを行う必要はないし、それを行ってはかえってまずい、と一茶自身は考えていたに違いない）に居ならぶ立会人たちはきりきり舞いをしたであろう。そこで明専寺の住職が仲に入って、立会人を中心にして鳩首談合の末、請求額の三十両を十一両二分に折り合わせて、他はすべて一茶の主張を通すことにした。とにかく弥兵衛（仙六）と母親のはつにとっては、屈辱的な内容である。この証文は、先に記したように、「熟談書附之事」と呼ばれているものである。

話を「伝馬役金の訴え」にもどすが、一茶は弥市を悪しざまに言っていながら、後妻の雪を弥市の世話によって迎えているのである（後述）。すべてにおいておのれ中心のエゴイストといわれても仕方がない。とにかく江戸ではうだつの上らない彼にとっては、相続分の役金を払い続けて、いつの日にか柏原に帰住することをもくろんだ計画であった。一茶は先に記した様に永い江戸暮しの中で揉みに揉まれて、世渡りにかけては千軍万馬の筋金入りになっている。柏原の人たちを手玉に取るなどはたやすいことである。しかし「訴え」の内容があまりに露骨すぎ、一茶の人物評価を下げた。自己の不遇をかこつ部分は、特に卑屈で浅ましい。

＊

文政五年の閏一月に、一茶は菊が子を産んだ夢をみる。ただしこの月の十一日より二月末まで旅を続けている。二月九日には菊に手紙を出しているが、その内容は、椿に霜よけをかけよとか、あまり家をあけるなとか、出産準備のため婆を雇えといったことを箇条書きにしたものである。本文を記しておく。

御安清被成候哉。されば、是より田中(3)へ参りて、卅日迄には道もかたまり可申候間、帰り申度候。

一　庭の椿、雪消候へばいたみ申候間、わらなりとも菰《コモ》なりともかぶせて、霜よけ頼み入候。

一　朝から門に錠をかけて置く事、よろしからず。すべて留主に致さぬやうに心がけ頼入候。

一　冨右衛門(4)どのばゞ様、いまだ雇ひ不申候哉。是又早々やとひおき可申候。右申入度、かしく。

二月九日　　一茶

おきくどの

〈早稲田大学図書館所蔵、『日本古典文学大系』月報二十四に松尾靖秋氏発表〉

『文政句帖』によると、二月九日は、一茶は六川海松寺にいたので、そこで書いた書簡であろう。二月二十七日には柏原に帰るが、三月十八日から旅に出た。その間十日に三男金三郎が生れている。菊は実家に帰って出産したのか、柏原でそうしたのか、一茶の日記には書かれていない。しかし従来の事情を勘案すると、実家で生んだのではあるまいか。この日に一茶の家には、梅甫、草水、由水が訪ねているが、もし菊がここでお産しているとすれば、日記に詳しく記載されていいはずである。それにこのような日に、せまい一茶の家で四人の男たちが、菊がお産で苦しんでいる所で、酒を飲んでいるとは考えられない。いかに一茶が非常識だとしても。

三月十八日から旅に出て、四月十六日に帰ったが、翌々日にはまた出て、飲んだくれながら弟子たちの家を泊まり歩く。一茶が柏原に帰ると、毎度のことだが、菊は実家に行き、一週間以上もどらない。

六月十六日、一茶は希杖《キジョウ》(息子の其秋《キシュウ》と共に、北信濃の川東地方では、晩年の一茶の面倒を最もよくみた弟子。長野県下高井郡山ノ内町湯田中で温泉旅館を営む。湯田中川原の別館如意湯を一茶用の定宿とした。)の所にいたが、菊が痛風のため寝こんだ旨の飛脚便を受け、翌々日帰宅している。だが家にいたのは八日間だけでまた旅に出ている。既に記したが、菊は文政四年四月に痛風を患っている(文路宅に滞在中その報を受けた)。今回は七月十一日までもどらない。その間七月九日には菊の父常田久右衛門が死去した。一茶がいないので、通夜には、母に抱れた生後四カ月の金三郎が一茶の名代を勤めた。このそらぐしい記事は、文政句帖の文政五年七月十一日に記されている。「巳刻三好ヲ立未刻柏原ニ入去九日赤川老父没シテ菊女行金三郎一茶名代ツトムト云」。

一茶は十二日に赤川に悔やみに行った。しかし相変らず弟子の家を泊まり歩く日が圧倒的に多い。十二月十七日に五十一日ぶりに柏原に帰る。その間菊は実家と柏原を行き来する。

おそらく実家にいる日の方が多いに違いない。身体は衰弱する一方である。

文政六年一月は、二十二日まで一茶は柏原にいるが、また近郷に出かける。一茶はメガネをかけていたが、それを家に忘れて出発したので、四日目にそれが届いたという記事が一月二十六日に記されている（『文政句帖』文政六年）。

二月十九日には、菊が癪に苦しんでいる旨、多次郎（菊の甥か？）が知らせに来る。一茶はこの時素鏡宅（長沼）に泊まっていた。その夜は二人で浅野の文虎宅に泊まり、翌日柏原に帰った。

菊の容態は一時小康を得ていたが、再び悪化した。一茶はあわてて介護の女を雇った。三月初旬には目まいがひどくなる。針治療をほどこしたり、人参湯（後述）を飲ませたり、鎮痛剤として烏頭《ウズ》（後述）を煎じて与える。三月二十五日には倉井の医師伯司《ハクシ》が診療に来て、益気湯（不明）を飲ませる。一茶は、今までとはうってかわって献身的である。

二十九日には野尻の医者（竹内迅碩か）が来診。四月三日、菊は絶食状態。文路に手紙を出して来診を請う。

以下は文路への手紙の内容。

日出度東都より御帰り奉賀、されば坊主⑸が心下痞硬《シンカヒカウ》⑹、世にいふ積⑺といふやまひにて仲景も手を尽し申候。あはれ名法有之候はゞ御さづけ可被下候。とてもの事に御来駕⑻ならばありがたく奉存候。経水下り候薬も二三帖可被下候様奉頼上候。三黄湯⑼にて下し申候所しばらく癒《イエ》て素鏡⑽御見廻《ミマヒ》の時、二月廿八日の事也、つかく本腹と思ひの外廿九日雪⑾にあてられ大くるしみ也。毒繞臍《ホゾヲメグリ》自汗盗汗、手足冷候へば烏頭《ウヅ》⑿煎七帖用ひ候へば少本腹なるに、湯茶をしたゝか呑て大しくじり、体よはり今日は絶食同様也。野尻の医者にかゝり申候へどもつんほどもきかずいやはやこまり入候。何とぞ御出奉希候。

四月三日

〔以下省略〕

四月四日に甘遂《カンスイ》⒀を飲ませる。これは毒草だが、水腫を除く効果がある。しかし目まいがすると訴える。五日に野尻の医者が来診。六日に再び甘遂を飲ませる。倉井の医者伯司に手紙を出し、菊が目まいをしているが、水を飲ませてよいかたずねる。

以下は伯司への手紙の全文である。『一茶俳集』にも出ているが、両者はかなり相違しているそうである（渡辺慶一著『一茶と長英と諭吉』口絵写真の書きこみ）。

伯司様　　　　　　　　　　　　　　　　　　　　　一茶

今日甘遂大瞑眩にて、しきりに水を乞申候。巴豆《ハヅ》(14)ならざれば水呑せても不止候や。何とぞ御聞せ可被下候。右申入度、万々得貴意候の時と申残候。

卯月六日

同七日には善光寺の文路が見舞に来た。文路は薬種商なので薬を持参した（当帰芍薬散《トウキシャクヤクサン》(15)、三黄散）。その日、菊はそれらを服用したが効果はなく、かえってむくみが増した。一茶はそれを文路に報じた。あて名を欠いているが、文面から考えて文路あてのものである。

御安清御帰り(16)被成〔候〕哉。されば、坊守り御薬呑せ候へば、又元の浮腫と成り申候。此上は十棗湯《サウタウ》(17)より外、不有之候。是といふも下り不申候故と、其故に前方の細末は御やめ可被下候。病人ことの外むつかしく、此世のものとも思《オモハ》れず候。御憐察可被下候。万々得貴意候時と。かしく。

卯月九日

菊の便が下り始める。

同十一日に菊の母が来る。

同十二日に菊に括蔞根瞿麦丸を飲ませるが、目まいが激しくなったので投薬を中止。

同十六日、菊に五苓散(18)を飲ませる。赤渋の冨右衛門の娘に乳が出るというので、金三郎をこの娘に託す。

同二十日、菊に再び五苓散を飲ませる。

同二十一日、菊を実家で療養させることにする。移動にあたっては、駕籠を使ったか、大八車を使ったか、それとも板に載せたか。とても座らせて運べる状態ではないので、おそらく大八車にのせたのであろう。板ではむごすぎる。

同二十二日、一茶は赤川に行き一泊する。

同二十四日も赤川に行き、瘀血散を飲ませるが、目まい。

同二十八日、赤川にゆき、理中散(19)を飲ませるが吐く。一泊。

五月三日、赤川に行く。菊は寒気がするのか炬燵《コタツ》をほしがる。莪求三陵を飲ませるが吐く。

同五日、菊の病状が著るしく悪化。
同十一日、赤川に行く。
同十二日、菊死去。三十七歳。法名妙路。
一茶は、妻が死んで間もなく、彼女を偲んで句をつくっている。

小言いふ相手のほしや秋の暮れ（『文政句帖』文政六年八月）

小言いふ相手は壁ぞ秋の暮れ（『文政句帖』文政六年九月）

小言いふ相手もあらばけふの月（『文政句帖』文政六年九月）

菊は九年間の結婚生活の間に四人の子供を産み、しかもそのうちの三人をつぎ〴〵に失い、人手に預けた第四子金三郎に切ない思いを残しながら息を引き取った。
私は北小路健が記した次の文章に感銘を受けている。

死別した妻子に捧げる一茶のふかい愛情追慕の、まるで止め処《トド》もない痴者の独白のような句や文の、飄々とした軽みの中からにじみ出すような天涯孤独の底冷えのしわぶきは、われわれの胸にふかくしみ通るものだ。――だが私は、句もつくれず、文を書くこともなかった妻菊の、心ひとつに堪えてひっそりと逝《イ》ったその心情に、より惹《ヒ》かれるのである。

（北小路健『一茶の日記』一九二～一九三ページ）

ところで、金三郎のことだが、この子は、菊の病気のため、あちらこちらに預けられた。その中には、赤渋の冨右衛門(4)の娘に金三郎を託した時の文章がある。これは菊の死亡後に書かれたもので、一茶の難癖としか思えない箇所が多い。

一茶の日記によれば、金三郎は四月十六日に冨右衛門に預けられ、五月十三日までそこにいたと思うのだが、一茶が文中で激怒する程には会いに行っていない(四月二十七日に一度だけ)(『文政句帖』文政六年四月)。五月十三日に菊の葬式のため呼びよせた所、衰弱し、骨と皮の状態であったと記し、これは娘に乳が出ず、水ばかり飲ませていたためと邪推し、「金三郎を憐む」とした一文を書き、五月十八日に完成した。なお金三郎を新たな乳母(20)

に預けたのは五月十七日である。

なぜ金三郎が衰弱していたのかは、菊や他の子たちの死の原因を後の章で詳しく記す中に書き入れる。ここでは金三郎（別の呼び名は、幸三郎、崐三郎）の死についての一茶の文章を示すが、それは冨右衛門に対する罵詈讒謗と言ってよい。何故このようなひどい文章が書かれたかは、菊の死も一因としてあったといわれる。なお金三郎は同年十二月二十一日に死亡している（一年九カ月の命）。

黒姫山の麓赤渋村冨右衛門とて、剛毅木訥《ガウキボクトツ》(21)の山人有《アリ》けり。此《コノ》もの必《カナラズ》しも仁に遠からじと思ひはかりて、おのれ手に叶《カナ》はぬちからわざなど雇ひて、とし〲ものしける。ことし妻のなやみ常ならぬものから、爰《ココ》かしこ小児の乳母なん尋《タヅネ》ける。冨右衛門言《イヘ》らく、「我娘《ワガ》の乳いづること、樽の扉口《ノミクチ》ぬきたるやうに、滝をなしておつるから、乳母にとりて不足あらじ」と、飴《アメ》の餅喰ふごとくほちや〱いふに、其《ソノ》娘の容体《ヨウダイ》はいさしら雪のそこともしらぬながら、其親のきと(24)うけ合《アフ》に任せて、卯月(23)十六日といふに、小児を赤渋につかはしけり。ほどなく十七日の夜より腹瀉《クダ》ると告《ツゲ》こしたれば、さま〲薬おくりて、うしろ安く(24)、其後は一向病人にのみかゝはりて、夏の日の永きも忘れていたはりけれど、もと此わづらい、鬼茨《オニイバラ》の(25)いらいら敷《シキ》とげ《(棘)》つき合にもみにもまれて、かよは《(わ)》き若木のいたく心をいためる病葉《ワクラバ》の、たましい《(ひ)》いつかぬけつらん、葉守《ハモリ》の神(26)の露の恵みもとゞかず、薬降《フル》日(27)の幸ひにさへもはづれて、日ましに色つやのぬけ、照りうすらぎつゝ、つひに五月十二日の暁、ほろりとちりうせぬ。あはやとおどろ《(驚)》けど、散《チリ》たる花の枝に帰らぬなげきと人〴〵をせいして、迹《アト》に残る童部《ワラハベ》、母に今生《コンジヤウ》のいとまごひ、野送りの供させまほしく呼よせけるを、こはいかに、赤渋にやらぬ前、けら〳〵笑ひて這《ハヒ》ならひたる体とはくはらりと変《(違)》ひ(28)、おとろへたるありさま、腹は背にひつゝいて、其間うす板のごとく、骨はによき〳〵高く、角石山に薄霜降《ウスジモフリ》たるに似たり。声はかれて蚊の鳴《ナク》に等しく、手足は細りて鉄釘《カナクギ》のやうに、目は瞳《ヒトミ》なく明《アキ》たる儘にて、瞬《マタタク》ちからぬけて、半眼して空をにらみ、軽きこと空蟬の風に飛び、水を放れたる魚の片息つくばかり也。ありあふ人〴〵口を揃《(ママ)》ひて、「十が十ながら此世のものにあらじ。母とひとつ煙りに立《タチ》のぼるなめり」とくゆ《(や)》めるもことは《(わ)》りなりける。しかるに、棺焼《クワンヤキ》も夜に入りて終りたれば、うからやからおなじく赤渋の女も寝並びたり。此女、人に乳を見することを深く忌《イム》にやあらん、小児の首を懐深く押入《オシイレ》て、乳を呑《ノマ》する真似して、やがて口に水をあてがふいぶかしき《(さ)》に、なを《(ほ)》しなすわざ見たく、灯《トモシ》かき立て、目もたゝかずつく〱うかゞふに、男の乳のやうに平たく、乳袋《チブクロ》らしきけはひさら〱なし。さてこそしれ、始めより乳の代りに水呑せて、「腹瀉る〱」よくも長らくたばかりし事を。いたましいかな、今は白く赤みたる肉血をのみ瀉すなんありける。いかに人面獣心の冨右衛門なればとて、人の目をかすめて盗む衣食などゝはことかはりて、生あるものをかくむごく、情なく、つれなくふるまいしもの哉と、しるもしらぬも皆〱涙ほろ〱なでさすりぬ。あやつ金をむさぼりてなせるや、恨《ウラミ》をふくみていたせるや、風上《カザカミ》におくもおそろしくなん。

ものいへぬ童《ワラベ》の口を赤渋の水はめるとは鬼もえせじな

はつか（廿日）あまりの乳断《チチダチ》、いかばかりくるしからんと、小児の心を思ひはかりて、

ちゝ恋し〱とやみの（嚢）虫のなき明しけん泣《ナキ》くらしけん[29]

文政六年五月十三日

一茶認

なよたけのかよは《(わ)》き二葉の、世々をこむる齢《ヨハヒ》(30)もちながら、かゝる災《ワザハヒ》に逢ふとは、行末のことさへ思ひはかられて、「あはれ、今一時おそかりなば、母に先立てともかくもなりなん。天より母の命ひとゝきちゞめて、子をたすけ給ふらめ」と独言して、顔の蝿など払ひておりけるを、此児生れし時とり上《アゲ》て湯など浴《アビ》せし老婆(原文では老姿)見かねて、深切《シンセツ》にいたはりて、近きほとりに乳の泉なして涌《ワキイツ》るとは女といふをたのみて、乳房をあてがへば、一雫《シツク》口に入て、たゞなきに泣《ナク》を見るに、長〱食をほされて、腹はからへりにへりからして、十分吸ふことならぬやうに見ゆめれば、餓鬼《ガキ》のくるしみ目の前に見るやうに、不便《フビン》さいやまさりて、一雫なりとも腹に入《イリ》たまらばよけんと、日に千度、夜に千度、乳を吸はするをわざにして、呑《ノマ》せ〱する程に、三日目の暁、咽にこくりと乳の落る音するやいなや、目の瞳《ヒトミ》あらはれて、ぱち〱目《マ》たゝきすれば、照りからされし草木の、一雨の潤《ウルホ》ひにいそ〱そよぐ心ちして、小踊《コオドリ》していさみぬ。是《コレ》といふも老婆の情なかりせば、いかでかけふ《(今日)》のよろこびあらめ。児は地蔵菩薩とや思ふらん、片時も膝を放《ハナ》れざりけり。

なでしこの首持上《モタゲ》けり今朝の露

〔この句は、『文政句帖』文政六年六月にも載っている〕

四日目といふ、中島(31)といふ所より乳母来りて、児を抱《ダキ》て行《ユキ》ぬ。

去《サル》十三日、冨右衛門児を戻《モド》しての捨《ステ》言葉に、「此児けふより五日目死ぬ。それ過ても、遠からぬうち也」といひ〳〵帰りけるとなん、人のかたりぬ。犬猫にことならぬ者のいゝ(ひ)草、露〳〵とり用《モチユ》るにはあらねど、ものゝ心も(32)白露の消《キユ》るばかりなる児の哀さを手放して、遠くの里におけば、庭の立木《タチギ》のほろほろ散《チル》さへそこはかとなくものがなしく、気にかゝる折からなれば、

涼風も身に添《ソハ》ぬ也鳴烏《ナクカラス》

けふその五日目になんありける。もしや呪詛《ジュソ》すること〔も(33)〕はかりがたくなど、

つら〳〵思ひば《(ママ)》(34)思ふ程、うしろ淋《サビ》しく、天井にさは《(わ)》ぐ鼬鼠《イタチ》もものゝさとし《(託)》(35)かなど、手に汗を振《(握)》りつゝ、ことに日の暮《クル》れば、まれに訪ふ人なく、夜はしん〳〵としづまりて、只《タダ》一人座せば、残灯壁にそむけてうすぐらく物凄《スゴ》きに、火《ヒノ》用心の拍子木もひしと(36)とだへ《(え)》して、里はづれなる犬の遠吼《トホボエ》も、その里人をとがむるにやと心を冷し、板戸に風のおとづるゝも、告《ツゲ》て来しやとおどろきて、夜一夜まじりともせざりき。

夏の夜のさらでも明《アク》る草の戸をしこつ(37)水鶏《クヒナ》の何た《(叩)》ゝくらん

五月十八日暁　　　　　一茶記

うら盆の用意に家に帰りければ、彼《カノ》里より、童《ワラベ》に川魚やしなひてちからをつけたきと告《ツゲ》こしたるに、いさゝか嬉しく、とみに魚調《トトノ》ひ《(ママ)》て、待てども〳〵、かりの便りも中島(38)といふ片辺《ホトリ》にしあれば、あはれ、おのれもちてまかりて逢《アヒ》てけるに、赤渋の痩《ヤセ》いまだ愈《(癒)》ざれども、にこ〳〵笑ひける。

門《カド》の蝶子が這《ハ》ひ(ママ)ばとびはへばとぶ

文政六年五月十三日付の俳文の初案草稿が、柏原の旧本陣中村家に保存されている。ここでその全文を示すことは、多くが重複になるので行わない。そこで本文とはっきり違う所のみ記す。

本文の中の「ほどなく十八日（本文では十七日）より小児の腹瀉るといふに、さま〴〵薬など送りてより、安堵して、看病にのみかゝはりて日をおくる（本文とは表現の相違があるが、大意は同じ）」の後に、「折〱『赤渋の女はちゝさら〱出ぬからに、小児日(前)〱痩《ヤセ》る。とくとりもどしてよ』といふこと、しば〱もれきこゆるに、不便ながらも目の富の大病に手の放されざれば、心ならず打捨ておきけるに、五月十二日、妻身まかりけるに、母おやに今生の逢い納めなれば、野送りの供に児呼びよせけるを……」、つまり前の文とはっきり違う所は、「赤渋の女は乳がよく出ない。もどした方がよい」という人の言葉を一茶はしばしば耳にしていたが、これを彼は「心ならず打捨てて」おいたのである。これを本文ではすべて削ってしまった。つまり乳母の不正（本当にそうかはともかく）を知りつつ放任しておいた一茶の失態をすべて削って、乳母をきわだった悪役に仕立てる推敲をしている。

このように冨右衛門親子に対する罵詈雑言が文章の半分近くをしめる。特に乳の代りに水ばかり飲ませていたというが、それはひいき目に考えても一茶の思いこみで、出ない乳を出ると偽ったとの確証があったわけではない。とにかく遣《ヤ》り場のない悲しみ、不幸の重圧に対する遣り場のない憤りが、このような思いこみを生んだと、若干の一茶研究家は考えている。

これはまた菊についての箇所、特に継母、異母弟の「いやがらせ」について触れている箇所にもみられる（「鬼茨のいらいら敷とげつき合にもみにもまれて、かよはき若木のいたく心をいためる病葉の、たましいいつかぬけつらん」。実際には一茶がののしるようないじめはなかったと考えられる）。

また冨右衛門に対する文句の中には、一茶にとってはきわめて重要な、支払いの問題もあった（「あやつ金をむさぼりてなせるや、恨をふくみていたせるや、風上におくもおそろしくなん」）。

前にも書いたが、一茶はこの俳文に示す程金三郎を大切に思っていたとは考えられない。

その後、冨右衛門家は、人から何やかやといわれ、吉五郎を（明治二十六年没）を最後に廃絶した。

冨右衛門の縁つづきの小林家の墓地に、金三郎の墓（供養塔）がある。冨右衛門はこっそりと、無名の供養塔を建立し菩提を弔っていたのかもしれない（千曲山人『一茶に惹かれて』一五五ページ）。

【註】

（1）「取極一札之事」——柏原の一茶記念会館にこれが保存されている。

一、親遺言につき、配分田畑家舗《ヤシキ》左の通り。
一、田式百苅《名所左助沢》　高参石四斗五升四合
　同所畑　高参斗九升三合田成《タナリ》
一、田百苅《名所中島》　高弐斗弐升八合
　同所畑壱丁半鋤　高七斗二升八合
一、畑三丁半鋤《名所五輪堂》　高八斗三升七合五勺
〔畑六丁鋤、御高壱石参斗壱升六合、配分の節は、切畝歩に致し候へども、其後地所一円に譲渡し、高も一円に相成候〕
一、山三ケ所但し中山弐割　作衛門山　壱ケ所

右弥太郎分

外家屋舗半分　但南の方

世帯道具　壱通

外夜具　壱通

右の通り引き分け、双方とも申し分御座なく候。

右に付き当辰得米（今年辰年の収穫米）にて、当年米穀、塩、味噌、薪、年貢、夫銭、高掛《タカガタリ》等差引き、巨細勘定仕り、差引き過不足急度《キット》算用仕るべく候。

右の趣、村役人並びに親類立会ひ、「紛失物迄」相済み候上は、双方とも、已来彼是むつかしき儀申すまじく候。「然る上は、遺言などにて出し候とも、反古たるべし」此上兄弟、親類ともむつまじく仕り、百姓相続仕り申すべく候。もし異変申す者これあり候はば、村役人急度《キット》取計らひ、相背き申すまじく候。よって取替《トリカエ》のため、証文件《クダン》のごとし。

文化五辰年十一月廿四日

柏原村百姓　弥兵衛（印）

同人兄　弥太郎（印）

同人親類　弥　市（印）

当村御役人御中

（右の文中〔〕内は朱筆の付箋である。「」内は行間の書きこみで、そこには「一茶」の印が捺《オ》されている）

（2）「熟談書附之事」——これも一茶記念会館に保存されている。

弥太郎（一茶）申立ての趣、享和天酉《トリ》親弥五兵衛死去の節、遺言にて田畑、屋敷、山林譲り請け、其砌《ミギリ》早速引分け申すべく候処、彼是《カレコレ》延引し、去る文化五辰《タツ》年引分け相済み申候。然る所、酉より卯（文化四年）まで七カ年の間、田畑得米《トクマイ》（年貢を差し引いて残った自家用の米）弟仙六方に取込み置き候分、此度《コノタビ》元利ともに受取り申したき段、并《ナラ》びに酉年以来弥太郎分の家屋敷も、仙六住居致し候につき、右賃も受取申したしと申す。

右につき、拙者ども立入り、双方熟談の上、取り究《キ》めの趣左の通り、

一、右得米代金、家賃など諸事、弥太郎申立ての趣、至極尤《モット》もの筋にこれあり、金高も過分の儀に候へども、数年延ばし置き、此度勘定致し候へば、仙六家相続も相成りがたき儀につき（過去数年間の延滞を、ここで一挙に精算するとなると、仙六は家を維持することもできなくなるので）、立入り人どもより達《タッ》て（無理に）相詫び、得米代金、家賃などの分として金拾壱両弐歩、仙六より指《サ》し出させ弥太郎に相渡し、是にて万事

相済ましくれ候様相談に及び候処、熟談得心の上、慥《タシカ》に受取り申候。然る上は、向後何にても弥太郎より勘定の掛合い決してこれなく候。

一、家屋敷家財など、先達《センダッテ》議定書付の通り、此度引分け相済候間、以来双方睦《ムツ》まじく渡世致し申すべく候。

右の通り双方熟談にて相済み候上は、重ねて申し分決してこれなく候。万一異変の儀もこれあり候はば、加判の者急度《キット》埒明《ラチアケ》申すべく候（捺印した私達立会人が、必ず解決します）。後日のため仍《ヨ》って件《クダン》の如し。

文化十酉正月

弥太郎（印）
二野倉　徳左衛門（印）
専六改名　弥兵衛（印）
親類　弥　市（印）

（3）田中――下高井郡山ノ内町湯田中。門人湯本希杖（五郎治）がいる。

（4）冨右衛門――信濃町赤渋在住。一茶の家の家事を助けていた。菊の死後三男金三郎の面倒をみた。

（5）坊主――ここでは一茶の妻菊のこと。真宗では僧侶の妻を坊守と呼ぶが、一茶は増形をしているので、妻を坊主と呼んでいた。

（6）心下痞硬――胃部がつかえて硬いこと。心下はみぞおち。

（7）積――ここでは癪《シャク》のことである。種々の病気によって胸部、腹部におこる激痛の通称。婦人に多い。さしこみのこと。

（8）御来駕――薬種商で医術の心得のある文路の来診を乞うている。『文政句帖』（文政六年四月七日）には、文路来。菊女当帰芍薬散三黄散兼用、と記載されている。当帰芍薬散は、当帰、川芎、芍薬、茯苓、朮《オケラ》、沢瀉が配合されているもので、妊娠中の障害（浮腫、習慣性流産、早期破水、痔疾、腹痛、膀胱炎）および月経不順、腎炎等々の治療に現在も用いられている。

（9）三黄湯――現在三黄瀉心湯とよばれているもので、大黄、黄芩、黄連が配合されており、脳出血、喀血、子宮出血、痔出血、胃潰瘍、癲癇等々の治療に用いられている。

（10）素鏡――住田奥右衛門。長沼の門人。文政九年一茶の代編で、『たねおろし』を刊行。

（11）廿九日雪――『文政句帖』によれば、この日は晴れ。一茶の記憶違いはふたつ。素鏡が見舞に来たのは、二十七日。

(12) 烏頭――トリカブトの母根。興奮、鎮痛、新陳代謝機能を亢め、四肢の厥冷を治する。劇薬。
(13) 甘遂――水腫を除く薬効あり。毒性が強いので、現在は用いない。
(14) 巴豆――ハズの種子。峻下剤。催吐の効目もある。
(15) 当帰芍薬散――註8を参照
(16) 御帰り――文路が一茶宅に来た。『文政句帖』六年四月七日の記に、「七晴。文路来。菊女当帰芍薬散三黄散兼用。八晴。文路帰。等々」。
(17) 十棗湯――ナツメの果実を煎じたもの。緩和作用のある利尿剤。
(18) 五苓散――沢瀉、猪苓、茯苓、朮《オケラ》、桂枝等をまぜたもの。腎炎、ネフローゼ、心疾患、急性胃腸炎等々の治療薬。
(19) 理中散――通例は湯にして服用させる。人参湯のこと。人参、甘草、朮、乾姜をまぜる。胃腸炎、胃潰瘍、肋膜神経痛等に用うる。
(20) 新たな乳母――柏原南方約四キロにある中島村（現在は信濃町中島）に在所のある乳母。
(21) 剛毅木訥――『論語』子路篇にある言葉で、「意志がしっかりして、飾りけのないのは、道徳の理想である」の意。

(22)きと――はっきりと。
(23)卯月――陰暦四月。
(24)うしろ安く――先のことは心配ないと思い。
(25)鬼茨の……――「鬼茨」は、継母や異母弟の比喩。この文章では一茶は留守がちだったから、菊女は心労がたえなかった、と書いているが、実際は彼女らは菊女にやさしかった。
(26)葉守の神――柏に宿る神。樹木守護神。
(27)薬降日――五月5日に降る雨は、豊作の兆だとして、「薬降る」といった。
(28)はらりと変ひ――まったく違って。
(29)ちゝ恋し……――『枕草子』四十段「蓑虫いとあはれなり。……ちちよちちよとはかなげに鳴く……」。ここでは父と乳をかけている。
(30)世々をこむる齢――この先長生きする命。
(31)中島――註20参照
(32)もの、、心も……――まだ物心もつかない。
(33)も――この一字は『真蹟』より補った。
(34)思ひば――『真蹟』では「思へば」。「へ」を「ひ」と訛るのは、北信濃の方言で、この後にある句「門の蝶子が這ひば……」も同じ。

(35) さとし——神仏のお告げ。

(36) ひしと——ぴたりと。

(37) しこつ——醜悪とか頑固の意。

(38) かりの便りも中島——「かりそめの便りもない」と中島にかける。

＊

子供たちと菊の死について

まず第一子千太郎は文化十三年（一茶五十四歳）四月十四日に出生。そして五月十一日に死亡。第二子さとは文政元年（同五十六歳）五月四日出生。翌年六月二十一日死亡。第三子石太郎は文政三年（同五十八歳）十月五日出生。翌年一月十一日死亡。第四子金三郎は文政五年（同六十歳）三月十日出生。翌年十二月二十一日死亡。つまり九年間のうちに四人の子がすべて死んだのである。そして文政六年五月十二日に菊が死去している。子供たちはいずれも虚弱児だったと私は思う。勿論それに反対する意見もあり、それによれば、長男はともかく、長女は疱瘡のため、次男は菊の不注意(つまり年端もゆかぬ子をおぶった)、三男は乳離れの前に母親が死に、その後乳の充分に出ない女に養育をまかせたため、であるとしている。しかし疱瘡で死ぬなぞということは、その当時としても、虚弱児でもない限り考えられない。また次男の圧死についても、既に記したが、背負ったくらいでは、生後九十日以上たっている子は死なない。三男についても、既に記したが、母親の死がこの子の死亡時期を早めたとは思えない。そうではなくて、冨右衛門の所にあずける前に既に衰弱しており、彼の娘の乳がでなかったために死んだというのはいいがかりであった。このように菊の生んだ子供たちが早死した理由は、繰り返すが、すべて虚弱であったためである。そしてそれは、一茶の体毒によるものと考えられる。彼が性病の患者であったとする根拠は、以下の文章から容易に想像できる。これも既に記したが、文化十三年（五十四歳）十一月頃から全身に皮癬《ヒゼン》(疥癬《カイセン》)ができ、二月頃まで下総、上総、江戸その他を泊まり歩くが、特に下総守谷の西林寺の鶴老の所で十二月二十二日から翌年一月二十四日まで、その治療のため泊まったが、その間に一月六日付で門人の魚淵（1）の所に以下のような手紙を送っている。

　青陽(2)、弥御安清被成候哉、奉賀。されば、私は九月三日(3)、一日ぬれ鼠となりて歩行候かげんか、又あまり新句吐くゆへ《(ゑ)》、和歌三神の天窓《アタマ》敲《タタ》き給ふにや、十一月初つかたより、ひぜんといふ腫物《ハレモノ》総身にでき申候得ば、気づかひなる所にはちと延慮《(遠)》、吉田町廿四文でもなめたかと思はれんと推察候得ば、下総西林寺といふ(4)山寺五十日《(ママ)》あまり籠り申候。今以筆とり申候事のむつかしく、旅中といふにこまり候。御尊察可被下候。

〔以下略〕

（『俳書大系』所収）

吉田町は、本所横川の西岸、法恩寺橋通りにあった。当時は夜鷹の巣窟であった。夜になると筵《ムシロ》囲いの小屋をつくって客を引いたり、あるいは筵を抱えて材木のかげに客を引きこんで体を売った最下層の街娼の働き場所であった。彼女らの殆んどは性病、とくに梅毒にかかっていた。だから夜鷹とちぎった男たちは、ほとんど例外なく梅毒（瘡毒）をうつされた。江戸時代の一茶はひどく貧しかったので、ちょんの間の切見世の女郎と遊ぶことさえなかなかできなかった。何せ彼女らの一回遊びの料金だって五十文から百文はかかったのである。その点夜鷹は二十四文以下であった。一茶が相手にした売笑婦の多くは、既に記した様に彼女らであった。したがって一茶が梅毒に感染していたことはあたり前であるし、恐らく自覚していたであろう。だからひぜんに罹《カカ》った時に「肉食《シシ》った報い」かと心配したのである。それで手紙ではつい「吉田町廿四文でもなめたかと思はれんと推察候へば」という文言が出てしまった。つまりは、語るに落ちたわけである。実はこの手紙を出す三年前の文化十年（五十一歳）六月にも尻に䵡《イボ》ができて、善光寺の文路の家で七十五日間も寝こんだことがあった。

しかし彼が性病持ち（恐らく梅毒）であったとしても、後妻たち（雪、やを）にそれを伝染させた可能性はきわめて低かった。と言うのは、後妻たちと結婚した頃の彼の梅毒の病原性は、人に移す時期を過ぎていたと考えられるからである。

ただし菊にだけは、その感染の可能性はあった。

以下に記す内容は、医者なら誰でも想像できることだが、一応記載しておく。

梅毒の中で、病巣に直接接触したことで感染するものの病状の発現は、第一期からである。これは種々の症状（特に硬結、潰瘍、リンパ節腫大）を色々の部位（特に外陰部）に発生させながら、三～四週間程度続く。ただしこの症状が出ている患者と性交しても、相手が感染する可能性は低い。したがって菊がこの時期の一茶から感染した可能性は考えられない。しかし第二期（通例は感染してから三カ月後そしてその期間はかなり長い）に入れば丘疹、扁平コンジローム、粘膜斑、アンギーナが生じてくる。これらは出たり消えたりする。

部位としては、機械的刺激あるいは分泌物の刺激を受けることの強い部位で、前額、関節窩、陰部、肛門周囲等々に顕著である。特に扁平コンジローム、粘膜斑等には病原体がおびただしく存在しており、それが付着している陰部、肛門周囲等に性器を接触させれば、ほぼ間違いなく感染する。菊はかわいそうに、梅毒のこの時期に入っていた一茶からうつされたのであろう。そして菊から子供たちは無辜梅毒《ムコバイドク》（性交によらない梅毒）に感染したのである。そして一人をのぞいて他の子供たちは三カ月以上生きることができたという事実から、菊の梅毒は、強いものではなかったと思える。また菊は性病をうつされただけで早く死んだとは言えない。既に書いたが、菊の死は一茶の猛烈な性行為の繰り返しと、農作業と育児との過労に加えて、癌の可能性も取りざたされている。そしてそれと重なって神経痛やリューマチの症状が発生し、さらに水腫がきたとの説もある。また菊に服用させたトリカブトの誤用が直接の原因になったとも言われるが、しかし菊と子供たちの早死が一茶の性病と無関係とは言えない。幾度も記すが、四人の子はいずれも虚弱児であり、それは一茶に性病をうつされた菊によってもたらされたと考えるのが、最も妥当性が高いと思える。

　だからと言って、一茶の名声に傷がつくとは考えられない。

　こんなことは、つい数十年前までわれわれの周りにいくらでもあった。

既に記したが、一茶の後妻たち（雪、やを）には、彼から梅毒をうつされた可能性は低かった。特にヤオの場合は全く考えられない。一茶がヤオと一緒になったのは、文政九年で、菊が死んでから三年たっている。一茶の病毒は、この時期には感染力を著しく低下させていたと思える。つまり第三期に入っていたのではあるまいか。この時期（感染後三〜四年以上経過）に至ると、組織の免疫力がかなり強まっているので、病巣に病原体を見出すことはきわめてわずかである。そのため感染源となる可能性は低い。この時期の代表的病変は、結節とゴム腫であり、前者は四肢、体幹、顔面に、大きいもので鶏卵大にまで至って認められる。ゴム腫は前額、前胸、脛骨等の皮膚に認められ、進行すると硬口蓋、口唇等を犯すが、いずれにしても感染性はきわめて低い。したがってやをが梅毒になったとは思えない。この事は二人の間に生れたやたが元気に育っていることからも明らかである（後述）。

それではやをの前に結婚した雪はどうか。雪は菊が死去して一年後に一茶の所に来た。したがって一茶の病毒はまだかなり残っていたかもしれない。しかし一茶と雪との結婚生活は三カ月足らずで、その間雪はしばしば実家に帰っているので（後述）、性交の回数は多くないと考えられる。したがって感染した可能性はきわめて低いが、一回の性交でもうつることはあるので、どうなったか。

梅毒も第四期に入ると、体中の種々の部位が犯され、予後は不良であるが、一茶の梅毒はここには至らなかったと思える。その理由は、この時期では多くの場合脳を侵されるのだが、晩年の一茶にはそのような状態はみられなかったからである。つまり一茶は梅毒によって死亡したのではない。やはり卒中であろう。

【註】

（1）魚淵――佐藤信胤。長沼内町の医師。文化九年、長沼の日吉神社に木槿堤を建て、その記念に「木槿集」を出版。ついで「迹祭」を出した。天保五年没。八十歳。

（2）青陽――この書簡の日付けを俳書大系では、十一月六日としているが、青陽は新春の意味であるから、正月六日の誤記。

（3）九月三日――この日は晴れ。十月三日は大雪だから、十月の誤記か。

（4）下総西林寺――茨城県北相馬郡守谷町にある寺。住職の鶴老は信州の出で、俳諧をたしなみ、一茶と親しかった。

二　雪

一茶の二番目の妻雪についてはよく知られていないが、私が調べたことを記載しておく。菊が死去したのが文政六年五月十二日（三十七歳）。それから一年後の丁度五月十二日に雪が嫁に来た。彼女はその時三十八歳。まとめたのは、本家の弥市である。一茶は弥市について遺産分割の交渉の時、あれだけあしざまに言っておきながら、後妻の世話をちゃっかり頼んでいるのである。もっとも一茶は最初は関川村（現新潟県中頸城郡妙高高原町関川）の浄善寺住職、指月《シゲツ》（良観）、一茶の門弟に頼んでいる。この寺は関所跡から国道に出るとすぐ左側にある真宗の寺である。この年の一月に指月宛に後妻依頼の手紙を出している。一応その書簡をここに紹介しておく（角川文庫『俳人一茶』二〇七ページに写真で所収）。この手紙の日付は、一月六日である。

文面はまことに哀れっぽい。

二白。急々御報奉希候。

御安清被成候哉、奉賀。されば、残り候一男子、十二月廿一日歿候へば、御咄《ハナシ》の坊守ほしく候。参りて御頼み申上度候へども、御地は青蠅さはぎの風聞おそろしさに、延引仕候。かしく。

正月六日

妻におくれて、又子にさへ捨てられて、なげきの木末晴る丶間もなく年のくれける

に、娑婆の事の小むづかしく

みだ仏のみやげにとしを拾ふ哉

かくれ家やからつ咄《バナシ》のとし忘

などと、貴評可被下候。

一茶（花押）

指月上人

「御咄の坊守ほしく候」と記している所から、指月の方から後妻について相談があったのであろう。そこで一茶は指月の所へうかがいたいが、「御地は青蠅さはぎの風聞おそろしさ

に」行けないので、手紙でお願いする、とある。「青蠅さはぎ」とは何の流行病かわからないが、おそらく下痢をともなう疫病であろう。青い色をした下痢便（緑色便）をはてしなく出す、ということか。

書簡には「妻におくれて、又子にさへ捨てられて……」と一人ぼっちになってしまったことの寂しさを訴えている。

指月の話は、破談になってしまった。そこら辺の事情は全くわからない。

次に弥市に頼んだのであろう。既に記したが、遺産相続問題のとき、一茶は弥市をくそみそにけなしている。この問題が解決したからとして、その弥市に後添えを依頼するとは、一茶のあつかましさは毎度のことであるが、受ける弥市の気のよさもかなりのものである。そこで四月二十八日に、弥市は縁談をまとめるために、飯山に行く（『文政句帖』四月二十八日）。この日一茶は中風の後遺症のため、夜尿をもらした。なお弥市の初妻は、「一茶家系図」によれば、文政三年に死亡し、そこで弥市は後妻を飯山から迎えている。その縁で、一茶の後妻をこの地でみつける事は容易であったのであろう。早いもので、この年の五月二十三日（つまり弥市が飯山に行った翌月）に雪との結婚式をすませた。日記では雪のつづりをイ《（ユ）》キ〔女〕と書いたり、い《（ゆ）》き〔女〕としるしたりしているが、七月以降では雪〔女〕となっている。

雪の実家の姓は、田中氏で飯山藩士であり、この藩のうち士族で田中を名乗る家は四軒あった（明治五年調査『士族履歴調帳』／小林計一郎『一茶の後妻〝雪〟について』）。矢羽勝幸が近年調べた『一茶真筆短冊由縁書』（田中泰吉郎著）によれば、雪の父は馬術師範をつとめ、市左衛門と称していたらしい。たしかに田中姓四家の中に馬術師範の家があり、明治初年における記録『士族履歴調帳』には、田中義條～条久～佐司馬清幸（明治五年当時の当主）の三代の家系が記されている。雪は清条の姉妹（義條の長女）のように思われるが、もうひとつ確証が得られていない（矢羽勝幸『一茶大事典』四九八ページ）。

雪は初婚だったのか再婚かについてもさだかではない。一つだけわかっていることは、彼女には一茶以外に情を通じる相手（一茶の恩顧の息子）があって、そのことがもとにあって、やがて離縁したと伝えられている（吉村源太郎『一茶翁百年祭記念集』一茶翁百年祭記念会、一九二六年／大場俊助『一茶の研究、そのウィタ・セクスアリス（復刻版）』、四二ページ）。とにかく雪にはその男への思いを断ち切ることが出来なかったに違いない。そのためか、頻々と実家に帰っている。まず結婚後二日目（五月二十四日）に早々と実家に帰り、五日間もとまってくる（五月二十九日）。そして一茶が旅に出ている間（五月三十日～

七月九日)は嫁ぎ先にいるが、彼がその後家にいる間すなわち七月十二日からは実家に帰っている。そしてこの間一度だけ嫁ぎ先にもどるが(日記には記載がない)、恐らく一日〜二日でまた実家に帰り(二十七日)、それっきり一茶のもとにもどらない。このことから、とにかく弥一がどんなふうに話したかわからないが、雪は親から説得され、好きな男とわかれて嫁に来たが、聞くと見るのでは大きな違いがあった。男とのエピソードは、最近はどの一茶関係の文書でも、一、二を除いて、触れられていない。恐らくあちらこちらに差し障りがあるためだろうか。とにかく雪は最初から一茶に失望していた。老宗匠と聞いて来たが、彼女のイメージとはまるでちがう色ぼけの爺であった。

雪は一茶の所でよく働いた。勿論お下の世話(大小便の後仕末)も厭わなかった。しかし六十二歳にもなっているのに(当時としてはかなりの年寄り)、性交が好きで好きで、家にいるときは、毎日せがまれ、それも一日に幾度もである。一茶は勿論雪が可愛くて可愛くてしょうがないのだが、雪にとっては堪ったものではない。そこで彼が家にもどってくると実家に逃げ帰り、ついに七月二十七日を最後に一茶の所へもどらなかった。

八月三日に一茶は「犬鰹節一本引、雪女離縁」と日記に書いているが、これは「飼犬に手をかまれた思い」という俚諺を念頭に置いて記したもので、離婚の背後の事情(おそらく一茶の知り合いの息子と雪の交情を差しているのであろう）を示し、さらに『一茶発句鈔追加』（宗鶺編、天保四年）には、「離別」の前書をつけて、「へちまづる切《キッ》て支舞《シマエ》ば他人哉」の句を残している（『文政句帖』文政七年八月の注釈欄では、「糸瓜つる切てしまへばもとの水」となっているが、この出典は記されていない）。一見さらりとうたっているが、実は彼にとってはかなりの打撃であった（愛人とはきっぱり別れてきた筈だが、またよりをもどすのか）。

当時は勿論妻の方から離縁を文書で示すことはきわめてわずかで、ほとんどできなかったと言ってもよい。とにかく一茶がやむをえず離縁状を書いた。

ところでこの句を残した翌月（閏八月一日）文路宅で中風が再発し、言語障害に陥ってしまった。この事実から明らかなように、一茶の衝撃は実に大きかったのである。以後次々と寝る家を替えながら十二月四日まで柏原に帰らなかった。特に雲里《ウンリ》（長野県下高井郡山ノ内町、医者。一茶晩年の門人）宅では、八月六日から九月六日までの長期間にわたって療養を続けた。

なおこの時期に彼が世に出した句の数は、かならずしもその月に作句したものの数ではないことを、一茶研究者は知っている。例えばこの年の七月は九首、八月は二首だが、彼が病に倒れた閏八月は百十六首記入している。その理由は色々あるが、彼の作句記帳は、上欄日付と一致しない。

なお実家にもどった後の雪はどうしたか。私は雪の家系の末裔の人々にあたったが、皆さんも、私がここに書いたこと以外は御存知ないとの話であった。

三　やを

一茶の三度目の妻である。やをは越後国二俣村（現妙高高原町二俣）宮下所左衛門の娘であった。

二俣はＪＲの妙高高原駅をおりてバスに乗り、四十分ほどで着く。ここに宮下家がある。庭には川水を曳いた泉水があり、広い屋敷である。宮下家は村でも有数の農家であったろう。当主の宮下庄平氏は既に亡くなり、未亡人が一人で家を守っておられる。小山善雄の著書『草の露』によれば、一茶はやをの実家を訪れたのは一度だけであるが、一カ月程滞在したと庄平氏は語っていたとのことである。現在一茶の生家（柏原）とはほとんど付き合いはないそうである（小山善雄『草の露』九一ページ、有山印刷、平成三年）。

宮下家のような有数の家で、娘を多郷の旅籠兼雑貨商（柏原、小升屋）の下働き（乳母）に出すのはよく〳〵のことであったに違いない。やをは近隣の若者の血を湧かす美女だったと噂されている。だから身の置き所に窮するような男女関係の事件をおこしたので、両親はやをを遠い柏原に追いやったのであろう（瓜生卓造『小林一茶』二八三〜二八四ページ）。しかし小升家で働いているときに、やをは隣家（蔦屋とよぶ塩問屋）の中村徳左衛門の三男の直次郎とねんごろになり、倉吉を一八二五年、文政八年に生んだ。いわば不義の子である。

一茶はいつやをを見初めたのであろうか。勿論倉吉が生まれた後であろうことは言うまでもない。徳左衛門としては、いつまでも直次郎、やを、倉吉を一緒にしておくわけにはいかない。だから一茶が結婚してくれるなら、これにこしたことはない。そこで直次郎、やをを説き伏せて一茶の所に嫁に行かせた。仲介の労をとったのは、二之倉の宮沢徳左衛門であった。やをはそのとき三十二歳である。一茶は一八二六年、文政九年八月に宮下家に結納をいれている。その旬日後にやをは倉吉を連れて一茶のもとに入った。

直次郎は二人の兄が死んだので、徳左衛門家を継いだ。その際いったん一茶の所に行かせた倉吉をひきとった。なお倉吉は一八二八年、文政十一年（一茶死後一年）に一茶家に入籍していたが、一八三五年、天保六年に徳左衛門を襲名した実父にひきとられ、善吉と改名している。直次郎の本妻には子供がいなかったのか。善吉はその後分家した。

一茶はすでに雪と別れた後、そのショックで二度目の中風を再発し、自由に歩きまわれず、さらに言語障害に陥っていたが、精力だけは、並の人をはるかにうわまわっていたのであろうか。死ぬ半年前にやをを妊娠させた。そして彼が死んだ翌年（一八二八年／文政十一年四月）にその子が生まれた。名はやたという。

一茶がまだ生きていた文政十年閏六月一日に柏原に大火があり、彼の家は土蔵を残して丸焼けになった。彼は大火直後の土蔵の中で懐妊させたのであろうか、この妊娠が本当であれば、そのようにしか考えられない。そして六月十五日には、駕籠で弟子たちの家をまわったが、夏の終り頃から秋にかけては、二人の医師、魚淵、掬斗のもとに滞在し、やをたちによって修理された土蔵に、十一月八日にもどって来た。しかし十一月十九日朝にまた発作におそわれ、死んだ。

この年七月には湯田中で、名句「御仏はさびしき盆とおぼすらん」（『文政九・十年句帖写』）を残している。

私はやをの苦労を考えた。家を焼かれ、身重の体で、幼い子を抱え、亭主はいない。身を寄せる家といっても越後二俣の実家だけでは、そう幾度も行くわけにはいかない。また中村家におもてだって助けをもとめることは出来ない。一茶の寝食だけでも大変なのに、屋根も焼けてしまった土蔵の修理を始め種々の仕事に逐われ、終日身を粉にして働いたであろう。

そして一茶の死をねんごろに看とった。彼女が一茶の財産をあてにして、看病に付き添きそったという説もあったが、彼の財産など家と土地を除けば微々たるものである。やはりやをの人柄のよさを感じるのは私だけではないであろう。

一茶没後彼女はしあわせで、安寧な日々を送り、七十四歳で没した。この生活には徳左衛門家の内々の援助が勿論あったに違いない。特に晩年は息子の手厚い保護もあったであろう。

一茶の忘れ形見のやたは越後高田の宇吉を聟にして家を継いだ。その際彼は代々続いている弥五兵衛を襲名した。一茶は弥太郎である。この理由は弟の専六が名跡をついで弥五兵衛となっていたためである。しかし彼は一茶と財産をわけあった後は弥兵衛と改めている（文化六年）。

宇吉を最後にして弥五兵衛を名乗る者は出ず、その次は弥三郎、それから弥太郎であり、五代目からは、「弥」もつけなくなった。つまり襲名をやめたのである。この五代目の重信さんは俳句をつくり、画も書いていた。

私は二〇〇二年十二月に、六代目の弥寿保さん（六代目、故人）の奥さんむつさんを訪問した。あいにく七代目の重弥さんはおられなかった。むつさんは八十歳を過ぎているが、元気もので話好きである。そこで彼女の仕事場の部屋により、色々話を伺った。そこで重弥さんのお子さんのうち、三男の誠さんは東京で絵描きをしているとのことであった。

家の中には、先に触れた重信さんの提灯の俳画と句の軸が下がってあった。

例の土蔵は、おくればせながら、昭和三十二年に文化財保護委員会の指定をうけた。

むつさんは、「一茶屋」と名付けている小店（町特産の信州鎌と土産物を販売）を守っている。以前は信州蕎麦の食堂を開いていたが、「一茶屋」の隣に大きな物産店ができ、駐車場には大きな一茶像が建てられ、食堂もできた。したがって観光客の多くはそちらが本家と思い、「一茶屋」の食堂にはお客が来なくなったので、閉鎖した。七代目もそれまでは食堂で働いていたが、現在は勤めに出ている。

第八章　一茶の生みの母

彼女の名前はくにで、柏原の新田部落、二之倉の宮沢四郎右衛門（宮沢家三代目）の娘として生まれた。宮沢家は二之倉の役人筋の家柄で、そのためか、初代、二代、五代は徳左衛門を襲名した。この様な名家の娘が、小林家の分家で当時田高畑高併せて四石以下の弥五兵衛の所に嫁に来たのは、小林家の本家の大きさと恐らく小林家とは遠縁にあたっていたのかもしれない。

この地方には真宗門徒の家が多いが、宮沢家もそうである。

かつてのこの家（現在は誰も住んでいない）の入り口に大きな自然石の句碑が立っていた（写真一）。句は「ともかくもあなた任せのとしの暮」で、『おらが春』の

写真一　自然石の石碑

文政二年十二月二十九日に載っているものである。この類句は「ともかくもあなた任かかたつむり」（『文化六年句日記』六月）。

この碑は、大正十二年に地元の人たちが、東本願寺の大谷句仏上人の揮毫を得て建立したものである。

現在の宮沢家の直系は、十一代の明子さんである。十代の孝さんとけさ美さんの一人娘である。結婚して長野市にお住まいである。名字は夫の姓の落合を名乗っているので、宮沢家の直系を継ぐ者はいなくなった。既に両親はお亡くなりになり、年代を経た以前の家は老朽化がすすんでいたので、独身時代は別棟の二階に住んでいらした。

くにが生れた家は、このすぐ横の宮沢家の代々の墓のつづきにある柳沢家のあたりだったとのことである。宮沢家の屋敷の南隅に「一茶胞衣塚《エナヅカ》」の標識があり、小堰に沿った小道を百メートルほど歩いた所にこ

写真二　宮沢家旧屋敷跡

の碑が立っていた（写真二）。つまりここは旧屋敷跡である。私がここを訪れたのは二回であるが、二回目は平成十四年十二月であり、雪に半分埋もれていた。

ところでかつての信州の風俗では初産の時は、里に帰って子を生むことになっていたので、くには実家で一茶を生んだ。彼女は一茶の後だてになった従兄弟の徳左衛門（五代目）よりも十二〜二十歳年長であった。彼は一茶よりも九歳年上で、一七五四年（宝暦四年）に生れ、長命で一茶死後もなお十一年長生きして、一八三九年（天保九年）、八十五歳で没した。ところで、明子さんから頂いた過去帳によれば、初代の徳左衛門は法名道出で、一六九九年（天緑十一年）、七十五歳、妻の法名妙喜は、一七〇〇年（天緑十二年、年令不明）に亡くなっており、二代目の徳左衛門は法命玄祐で、一七三一年（享保十六年、年齢不明）に死去している。

くにはあまりにもふびんな女であった。彼女が亡くなった時（既述、法名妙栄、一七六五年、八月十七日、年齢不明）、一茶は二歳三カ月であった。わが子を残して死ぬことは、どんなにつらかったであろう。資料としては残っていないが、彼女は嫁に来てから働きづめであった。一茶と一緒にいるのは、乳を与える時と寝る時だけであったに違いない。一茶の家は彼が生れた時は、彼の父、母、祖母だけで、この家の持高は、田、三石四斗一升、畑、二石六斗四升、合わせて六石五升で、当時(宝暦十三年)の柏原村の本百姓百三十八戸中四十七番目であったから(青木美智雄『一茶の時代』三三ページ／矢羽勝幸『信濃の一茶』二ページ、中央公論社、一九九四年)決して裕福な家ではなかったが、それ以前の持高は四石にも及ばなかったので、これに比べればましであり、宝歴十年には伝馬屋敷を買い入れていた。柏原の伝馬屋敷の数はその時五十二軒であった(矢羽勝幸編『一茶の総合研究』一二〇～一二一ページ、信濃毎日新聞、一九八七年)。しかし三人だけで六石余の田畑を耕作するのは大変なのに、弥五兵衛は許可札を取り、街道で駄賃稼ぎのため外で働くことが多かったので、農作業は母かなと妻くにに、特に後者にまかされていた。それ以外に考えられることは、弥五兵衛は呑んだくれで、それもあって、あまり働かなかったのではないだろうか。とにかく乳幼児をかかえて、ほとんど一人で働いていたくにには大変な重荷であった。

死んだ時の彼女の年齢は不明であるが、その時弥五兵衛は三十三歳だったので、恐らく二十歳半ばか、その後半であったろうと推測される。

とにかく宝暦十年頃までは、先記した様に弥五兵衛家の持高の合計は四石にも満たなかった。それが一茶の生れた年の記録では六石を超えていた。幾度も書くが、この労働の大半はくにの肩にかかっていた。そして三年後に彼女は没した。

弥五兵衛は、勿論くにの死は、過剰な労働のためではなく、彼女は嫁に来る前から、健康ではなかったためと言っていたから、後妻は身体がきわめて丈夫な女を望んでいたに違いない。そのせいかどうかはわからないが、なか〳〵後妻がきまらず、くにの死後五年間も独身を続けた。この時期以後一茶は祖母に溺愛されたと思える。

そしてさつが明和七年（一七七〇年）に嫁に来た。後に詳しく記すが、この人が来てからも約二十年近くは持高の合計は四石に至らなかった。しかしその後一七八九年、寛政元年には十一石近い身代となった（表一）。一茶は口汚なく彼女をののしっているが、それには彼女に対する祖母の反感が、一茶に植えつけられたためである。ところで先記したが、祖母は一茶を溺愛した。特にさつが来て以後、それが著しくなったと思える。しかし実の所、さつの働きが、一茶を信濃で有名にした一助となったのは間違いない。

祖母の三十三年忌には、一茶は次のような追憶の文章を書いている。

文化五年七月九日　晴　老婆卅三年忌逌夜有

ことし八月十四日、老婆卅三回忌なれば、雲路《クモジ》を分けてはる〴〵来る其かひありて、七月九日取越してつとむとなん沙汰しける。おのれ三才の時、母のおやは身まかりぬ。

表一　一茶家の持高変遷表

年　代	田高	畑高	持高計	年　貢	一茶年齢	備　考
	石	石斗升	石斗升	金　銭文		
1742・寛保2	0	0.51	0.51	0分 0152		
1748・寛延1	1.27	2.71	3.98	1　0720		
1760・宝暦10	1.27	2.65	3.92			
1763・同　13	3.41	2.64	6.05	1　0945	1	一茶生まれる
1772・安永1	1.27	2.44	3.71	1　0507	10	専六生まれる
1773・同　2	1.27	2.44	3.71	1　0662	11	
1776・同　5	1.27	2.44	3.71	1　0653	14	一茶出郷？
1780・同　9	1.27	2.44	3.71	1　0575	18	
1789・寛政1	7.27	3.60	10.86	5　1221	27	
1793・同　5	5.31	3.67	8.98	4　0158	31	
1801・享和1	3.41	3.68	7.09	3　1521	39	弥五兵衛死
1804・文化1	5.18	3.92	9.10	4　1074	42	
1807・同　4	5.18	3.92	9.10	3　1065	45	

○柏原村年貢皆済庭帳（中村英雄氏蔵）により作製。
○年貢は金貢。金と銭で納入される。両替相場は毎年異なるが、だいたい金一両（4分）につき六、七貫文であるから、1貫5.6百文になると、金1分にくり上げられる。
○この持高は柏原本村分のみである。新田分にも多少の持分があったかもしれない。

老婆不便《フビン》がりて、むつきの汚《ケガ》れはしきもいとはず、明暮《アケクレ》背に負ひ懐《フトコロ》に抱きて、人に腰を曲て乳を貰ひ、又首《カウベ》を下《サゲ》て薬を乞《コヒ》つゝ育《ソダテ》けるに、竹の子のうき節《フシ》茂き世〔の〕中もしら《（知）》で、づか〱伸《ノビ》ける。しかるに、八才といふ時、後の母来りぬ。其母茨《イバラ》」のいらいらしき行迹《ギヤウセキ》、山おろしのはげしき怒りをも、老婆袖となり垣となりて助けましませばこそ、首に雪をいたゞく迄、露の命消へ《（ゑ）》残りて、故郷の空の月をも見め。誠にけふの法筵《ハウエン》に逢ふことのうれしくありがたく、かくいふけふをさへ老婆の守り給ふにや。

（『文化五・六年句日記』文化五年七月九日／『一茶全集』二巻「句帖Ⅰ」、五〇一〜五〇二ページ）

一茶の祖母は、一茶十四歳の安永五年八月十四日に死んだ。

この文の後半では、継母の仕打ちを恨んでいる。これについては後で述べるが、全くの言いがかりである。この一因は先記した祖母の讒言があった。また法事を済ましてから、十一月二十五日に至り、二三九、二五九ページに記した「取極一札之事」が出ている。

一茶の亡き母への想いは、祖母から植えつけられたものであることは間違いはない。先の文章の前半は、三歳にもなる子が、祖母におぶわれ、乳を貰いに行ったり、また頭を下げて薬を貰って育てられたとか、祖母の行為を過大に美化している。このことと後半の継母の一茶に対する仕打ちとが一対になっている。

そうは言っても、ずっと後になるが、亡き母への想いをうたったもののうち、胸をうつ句が幾つもあり、その中には、「身の程や踊って見せる親あらば」（『文政句帖』文政五年七月、六十歳）とか、「踊《オドル》声母そつくりぞ〱」（『文政句帖』文政八年七月、六十三歳）等々がある。前作はこの日付につくったものとすれば、一茶の妻菊の病気がこの時には多少良くなっており、第四子金三郎が生まれて四カ月たっている。盆踊りを句の中に入れていることから考えても、彼の生活の中では比較的良い時期であった。この月は家に十三日くらいいた。多分盆踊りを見に行っていたであろう（彼はしばしば行なっていないことを、そうしたと書く癖があるが）。そして理想化している母親に対する想いを、菊とだぶらせたのではあるまいか。しかし後の句は、彼が書きとめた日付につくったものとは思えない。この日付の時期は、二番目の妻雪と別れた一年後で、さびしく一人暮らしを続けており、しかも六十歳の時につくった「六十年踊る夜もなく過しけり」（『文政句帖』文政五年七月）の類句「踊る日もなく過《スゴシ》けり六十年」が同じ月に収録されている。

このふたつの句（「身の程や……」と「踊る声……」が詠まれた背景について、青木美智男は、次のように論じている（『一茶の時代』三〇～三二ページ）。

……歌いながら踊る女の声を聞いて、ここでも、覚えているはずもなく、かれが理想化したやさしい実母の声にそっくりだったという句が詠まれているのである。つまり、かれの「踊る夜」も無かったという句は、どちらも亡き母にかかわりあう心情が詠まれているということがわかる。

実は、その点でもっと気になる似たような句がもうひとつある。それは、

きりつぼ
源氏も三ツのとし、度〔我〕も三ツ〔の〕とし、母〔に〕捨られたれど

孤《ミナシゴ》の我は光り〔ら〕ぬ螢かな

〔筆者註――『風間本八番日記』文政三年一月／ただし『梅塵本八番日記』文政三年では、「螢かな」が「ほたる哉」になっている〕

と、自分の境涯を「光らぬ螢」にたとえた句である。一茶は五十八歳の正月を迎えたときの心情を、『源氏物語』にかかわらせて句に託した。三歳で母と死別した点では光源氏とおなじ運命なのに、その後の自分の境涯はなんと暗いものだったのだろうか、と言っているのだろう。しかし一茶は、源氏の母（桐壺）と子のかかわりに強い関心を持っていただけではない。わざわざ「螢」にたとえたのは、『源氏物語』の「螢」の巻に、有名な、

継母の、腹ぎたなきむかし物語もおほかるを、「心みえに、心づきなし」とおぼせば、いみじくえりつつなむ、書きととのへさせ、絵などにも書かせ給ひける
（『源氏物語』〈日本古典文学大系15〉、四三六ページ、岩波書店、昭和三十四年）

という、継母である紫の上のところに預けられた明石姫のために、光源氏が物語を選んでやるとき、「継母物語」を非難したくだりがあることを十分意識してのことであろう。
このようにみていくと、「踊る夜もなく」とか「光らぬ螢」などにたとえて、わが人生を暗いものだったとふりかえった晩年のこれらの句は、いずれも幼くして死別した母

とのかかわりで詠まれ、それは同時に継母にたいする憎悪が裏に秘められていると考えられる。つまり、自分の生涯をなにもかも「まま子」を原点にすえて説明しようとする意図が読みとれるのである。

（青木美智男『一茶の時代』三〇〜三一ページ）

一茶の継母に対する憎悪については、「継母さつ」の章でさらに記す。

幾度も繰り返すが、私はくにが哀れでならない。弥五兵衛の所に嫁に来た時から働きどおしであった（それが当時の中流以下の百姓家の嫁では当然という見方もあるが）。これに対して弥五兵衛は、先記したが、あまり働き者ではなかったように思える。特に宝暦十年（一七六〇年）に伝馬屋敷を手に入れ、同年さらに本家の田一石を買い、一茶が生まれた宝暦十三年には、田畑の合計は六石余となっていたが、この労働の大部分はくにの肩にかかっていた。勿論くにの早死は、過酷な労働のためだけではなかったかもしれない。しかし身体が丈夫ではなかったことに主な原因をもってくる意見には賛成できない。

余談になるが、一茶は幼少時の呼び名を「信之」と称したと、『父の終焉日記』の「別記」に書いているが、確証はない。生家の社会的位置を考えると、この別名をそのまま受けとれない（黄色瑞華『人生の悲哀——小林一茶』三三ページ）。川島つゆは一茶の創作とみている（丸山一彦・小林計一郎校注『一茶全集』第五巻、一〇六ページ注記）。

第九章　一茶の継母はつ

「はつ」（あるいは「さつ」）は、勿論一茶がののしるような六欲兼備の輩ではなく、息子の専（仙）六と手を携えて、弥五兵衛家の隆盛をつくった人である。

この一茶の継母に対する誹謗の中味の土台になっているものには、既に記した『源氏物語』の「螢」の巻以外に、残虐を売り物にするいくつかの「まま子物語」がある。

これらは最初のころはすべて「まま子」が苦難に耐えて、ついには幸せになるという点を主にしていたが、いつかは其子がひどくいじめられる個条に、興味の中心が移っていった。

一茶もそういう「まま子物語」に影響され、みずからの精神形成をなした一人ではなかったかと思う（青木美智男『一茶の時代』三九〜四三ページ）。

＊

はつ（さつ）の年齢、在所については、最近（昭和五十七年以後）まで知られていなかった。これらについて明確にしたのは、既に「やを」の項で述べてきた小山善雄の著書『草の露』（三三二ページ、「やを」の項参照）である。

彼は精力的にはつ（さつ）の年齢と在所について調べ上げた。まず年齢であるが、「柏原村一村系図」では、弥五兵衛に嫁したのは二十七歳、「柏原村宗門帳」では二十九歳で、死亡したのは文政十二年で、八十歳あるいは七十九歳（「宗門帳」）であろうとしていることに疑問をもった。仮にこの死亡年齢が正しいとすれば、彼女と一茶の年齢差は十三歳（あるいは十二歳）しかない。何故なら一茶が死亡した一八二七年（文政十年）で彼は六十五歳であり、はつは七十八歳（あるいは七十七歳）である。とすれば、彼女が嫁に来たのは二十一歳で一茶が八歳のときである。この二十一歳には問題はないのかどうか……。しかし、二十七歳～二十九歳としている古文書から推して、三十五歳あるいは二十七歳のはつと考えるのが適当ではないかと書いている（倉井村の宗門帳から考えて、仮に十九歳の「はつ」が嫁いだとすれば、七十八歳で死亡したことになり、柏原村の宗門帳の死亡年齢に近いものになるが、これについてはどうだろうか）。

従来はつ（以後「さつ」省略）の実家については、小山家説、柚山家説、小林家説、松橋家説等々があるが、前記の有力なはつ（三十五歳あるいは二十七歳）は、浄土真宗檀家で、一茶家と同門であり、とすれば松橋家、小林家はその檀家であるが、小山家、袖山家は禅宗であるから、はつの存在はまずないと考えられる。と小山氏は述べている。

そこで二人の「はつ」について、調べてみる。

まず三十五歳のはつであるが、彼女の実家松橋家の過去帳によると、十代新兵衛の女房「ふで」は柏原村中村十右衛門の娘である。とすれば、弥五兵衛（一茶の父）の後妻として、わが娘を嫁がせたとしても、そう不自然なことではない。しかしこの娘は嫁いで二年後（一七七二年、安永元年）に専六を生んでいるとすると無理がある。現在はともかく、当時としては三十七歳の初産はどうだろうか。小山氏は否定的である（一茶の妻「やを」は三十五歳で「やた」を生んでいるが）。それでは、もうひとつの松橋家の流れではどうだろうか。松橋仁太夫から数えて二代目の次郎助（入婿）の娘のはつが嫁に行っているとすれば二十七歳であるから、最も有力であると小山氏は考えている。

この松橋家の家系特に二代次郎助について、小山氏は詳細に調べ上げ、その結果、一茶の継母の生家はこの家であり、その父親は次郎助であると確信する。図はその一部を抜粋したものである（小山善雄『草の露』八十五ページ）。

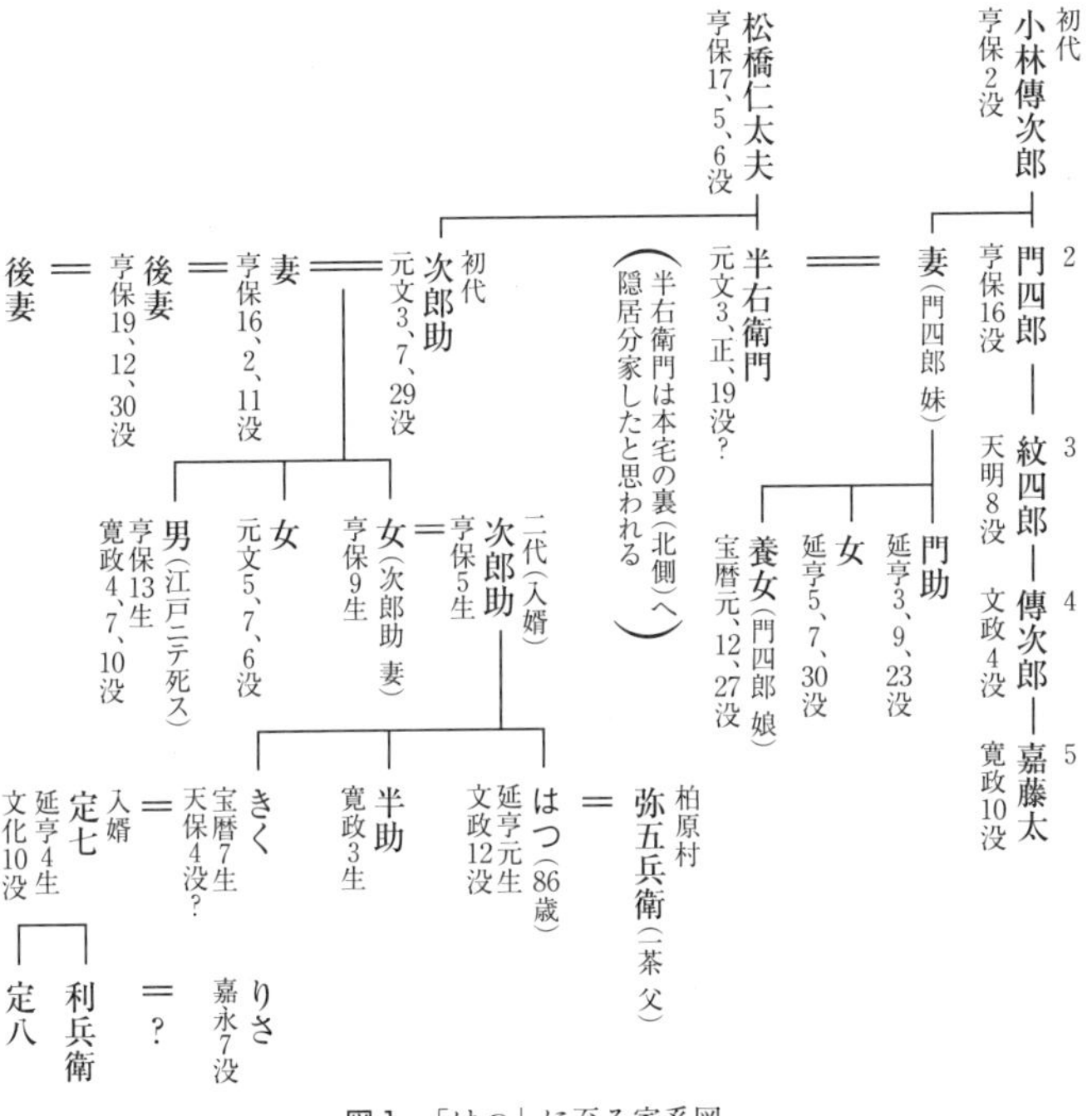

図1　「はつ」に至る家系図

この系図が正しいとすれば、二十七歳で嫁に行ったはつは、八六歳（一八二九年、文政十二年）で死亡したことになる。したがって柏原村の宗門帳による八十歳～七十八歳の死亡年齢は間違いである。この結果から推して、はつと一茶との年齢差は十九歳である。そして専六は、はつが二十九歳のときに生んだ子である。

弥五兵衛家は、はつが

来てからも数年間の持高はその前と変らないが（四石弱）、その後専六（仙六、弥兵衛）が青年期（十七歳）に達した一七八九年（寛政元年）以後、持高は飛躍的に増加し（十石余）、村内で十四、五位になった。その後一時的に減少したが、これは弥五兵衛が病気になり、その治療のため善光寺から法橋の官位をもつ名医を招いたり、その他諸々の費用のかかる手厚い看護を行ったため、家産が傾いた。しかし弥五兵衛の死後はつ親子はたちまち家運をもりかえした（矢羽勝幸編『一茶の総合研究』一二一ページ）。

はつ親子は、江戸時代の一茶にも仕送りをしていたことを、専六の子孫の裕夫さんから聞いた。また専六の俳句が、柏原の諏訪神社に載っている。

一茶とはつ親子は、既に記したように、もともとは折半した屋敷に住んでいたが、柏原の火災以後、はつ親子は道を挟んだはすむかいに家を建てて移り住んだ。はつは勿論死ぬまでここで暮らした。

専六の妻むつ（柏原の中村金六娘、別名「お椋」）が一八二八年（文政十一年）、五十九歳で死に、その翌年はつが、続いて翌々年（一八三一年、天保二年）に専六が六十歳で死んだ。むつは気立てのよい人で、口の悪い一茶もこの人のことは誉めている。専六、むつの夫婦間には子供はいない。しかし専六には遺児がいる。この子は専六死後の天保三年に三歳になっている。一村大系図によると、この子は内縁の後妻の子である。この人は後に村役人（組頭、安政年間から幕末まで）になる弥兵衛であるが、母は隣村小古間新田吹野の「さち」（別名「こよ」）という人で、一八四五年弘化二年に四十八歳で弥兵衛に入籍している（つまり専六死後十四年）。この専六の愛人の入籍は晩かったが、前から同居していたらしい（矢羽勝幸編『一茶の総合研究』一二八～一三〇ページ／信濃教育会編『一茶全集』別巻、八一ページ、一九七八年）。少なくとも子供が生れてから（三十四歳のときから）はそうであったろう。

専六家は、この後も持高は減らず、むしろ増加の傾向にあったことの一因は、さちの働きも大きく関与していたのである。今も一町歩ほどの田畑がある。

ところで、専六から七代目の小林裕夫さんは、さちの末えいであるが、彼女のことは知らなかった。この一因は、専六の家系では、最近までさちの存在を否定的にとらえていたためであろうか。

裕夫さんは郵政省の地方局の信越電波管理局、電気通信管理局に勤めておられた。奥さんの冨子さんは東京生まれで、裕夫さんの所に嫁いで四十三年になる。俳句をたしなんでおり、一茶の書も研鑽していた。

裕夫さん夫婦は、一茶家七代目の重弥さんの仲入親《チュウニン》になっている。

〔完〕

あとがき

題にした「一茶と女性たち」の内容に入る前に、一茶の十五歳から二十五歳までの十年間の暮らしに触れた。これは従来この時期のことはよく知られていなかったからである。それから、一茶の薬についての知識に触れた。それは私が薬理学者なので、特に興味をもっていたからである。この後に本題である「一茶と女性たち」との関係について書くことにした。特に前半では、彼が若き日から(晩年まで)かかわってきた女性たち、勿論それは色を商いとする女性たちのうちの最底辺の人たちとのかかわりを、彼の俳句の中から見つけ出して明らかにすることであった。この人たちとの結びつきを一茶は俳句の中にかなり詠み込んでいた。このようなことを従来はほとんどこころみられてこなかった。それは一茶を誇りとする人たちにとっては、煙たいことであったからであろう。そしてこれらの句は駄句が多いとして捨て去ってきたものである。仮にそうだとしても、一茶以外の俳人たちが、好意をもってこれだけ彼女らを詠み上げたことはない。ここに一茶のすぐれた一面がある、と私は思っている。

実は私はここまで書いたら終わりにしようかと考えていた。しかし一茶が信州にもどってからの妻たちとの結びつき、彼の母親、継母との関係についての記載は従来より少ない。特に継母については一茶による悪口以外には全くないと言っても過言ではない。これについての別の見方を書き入れておいた。これがこのような長文の原稿になった理由のひとつである。

先人の多くの文献を引用させていただいたが、そのやり方が著者たちの意向に従っていたかどうかと言えば、必ずしもそうとは言えないが、それはご容赦いただく。

二〇〇四年三月一日

小林雅文

【著者紹介】

小林　雅文（こばやし　まさふみ）

1934年生まれ。東京都出身。

日本大学歯学部卒業、同大学院博士課程修了。歯学博士。

日本大学専任教授（歯学部薬理学）。

現在、日本大学名誉教授。

著書：『ストレスと情動の薬理』（医学図書出版、1972年）、

『臨床家のための歯科薬理学』（書林、1985年）、

『薬物依存、行動毒性』（共著：地人書館、1990年）、

『臨床精神薬理学』（南山堂、1997年）、

『現代歯科薬理学』（共著：医歯薬出版、1998年）、

『歯科心身医学』（共著：医歯薬出版、2003年）ほか。

論文：「薬理学者から見た小林一茶の生涯」『月刊「健康」』（月刊健康発行所、1994年）ほか。

一茶と女性《おんな》たち

――小林一茶を理解する231句――

2004年　6月　15日　第1版第1刷発行

著　者　小　林　雅　文

発行者　高　橋　考
発行所　三　和　書　籍
〒112-0013　東京都文京区音羽2-2-2
TEL 03-5395-4630　FAX 03-5395-4632
sanwa@sanwa-co.com
http://www.sanwa-co.com/
印刷所　新灯印刷株式会社
製本所　高地製本所

ISBN4-916037-64-2　C1092

哲学・心理・社会　三和書籍

フランス心理学の巨匠たち
〈16人の自伝にみる心理学史〉

D.A.ワイナー著　寺中平治／米澤克夫 訳
四六判　定価：2,940円
「フランスの精神分析とヨーロッパの哲学を理解するにはポリツェルを把握せずには理解できない」と形容されるポリツェルが著した古典の翻訳版。フロイトの夢理論と無意識理論を分析し、夢から得られる豊かな素材を利用できるのは、精神分析だけだという結論に達した。

人生に生きる価値を与えているものは何か

ゴードン・マシューズ著　宮川陽子訳
A5判　定価：3,465円
本書は、アメリカ人である著者の視点から、18人の典型的なアメリカ人と、18人の普通の日本人の「生きがい」観を探っている。人は、どのようにして自分の人生に価値があると思われるものを選び出し、どのようにして折り合いをつけていかねばならないのだろうか。

精神分析の終焉〈フロイトの夢理論批判〉

ジョルジュ・ポリツェル著、寺内礼監修　富田正二訳
四六判　定価：3,360円
「フランスの精神分析とヨーロッパの哲学を理解するにはポリツェルを把握せずには理解できない」と形容されるポリツェルが著した古典の翻訳版。フロイトの夢理論と無意識理論を分析し、夢から得られる豊かな素材を利用できるのは、精神分析だけだという結論に達した。

天才と才人
〈ウィトゲンシュタインへのショーペンハウアーの影響〉

D.A.ワイナー著　寺中平治／米澤克夫 訳
四六判　定価：2,940円
若きウィトゲンシュタインへのショーペンハウアーの影響を、『論考』の存在論、論理学、科学、美学、倫理学、神秘主義という基本的テーマ全体にわたって、文献的かつ思想的に徹底分析した類まれなる名著がついに完訳。

日常生活と人間の風景
〈社会学的人間学的アプローチ〉

山岸　健著　四六判　定価：3,500円
人間と人間の触れ合い、交わり、人間関係、様々な出会いと別れ。日常生活の舞台は、ほとんどいつも社会的な様相を見せている。
本書は、さまざまな場面におけるさまざまな日常風景への眼差しを通して、社会学的人間学への道のりを追求している。

ヴェネツィア詩文繚乱
〈文学者を魅了した都市〉

鳥越輝昭著　A5判　定価：3,108円
アドリア海の美神ヴェネツィアに魅了された文筆家たちの描き出す、その似姿は虚か実か。乱れ咲く薫り高い詩文が読者を新たな発見の旅に誘う。
この書を読まずして、ヴェネツィアはもう語れない。

毛沢東と周恩来
〈中国共産党をめぐる権力闘争【1930年～1945年】〉

トーマスキャンペン著　杉田米行訳　四六判　上製本　定価：2,940円
"人民の父"と謳われる毛沢東と、共産党最高幹部として中国の礎を築いた周恩来については、多くの言説がなされてきた。しかし多くは中国側の示した資料に基づいたもので、西側研究者の中にはそれらを疑問視する者も少なくなかった。
本書は、筆者トーマス・キャンペンが、1930年から1945年にかけての毛沢東と周恩来、そして"28人のボリシェヴィキ派"と呼ばれる幹部たちの権力闘争の実態を徹底検証した正に渾身の一冊である。

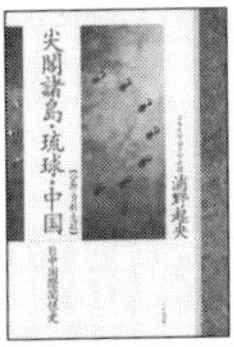

尖閣諸島・琉球・中国
【分析・資料・文献】

浦野起央著　A5判　上製本　定価：8,400円
日本、中国、台湾が互いに領有権を争う尖閣諸島問題……。
筆者は、尖閣諸島をめぐる国際関係史に着手し、各当事者の主張をめぐる比較検討してきた。本書は客観的立場で記述されており、特定のイデオロギー的な立場を代弁していない。当事者それぞれの立場を明確に理解できるように十分配慮した記述がとられている。

日中関係の管見と見証
〈国交正常化三〇年の歩み〉

張香山　著　鈴木英司訳　A5判　上製本　定価：3,360円
国交正常化30周年記念出版。日中国交正常化では外務顧問として直接交渉に当られ日中友好運動の重鎮として活躍してきた張香山自身の筆による日中国交正常化の歩み。日中両国の関係を知るうえで欠かせない超一級資料。

徹底検証！日本型ＯＤＡ
〈非軍事外交の試み〉

金熙徳著　鈴木英司訳　四六判　並製本　定価：3,150円
近年のODA予算の削減と「テロ事件」後進められつつある危険な流れのなかで、平和憲法を持つ日本がどのようなかたちで国際貢献を果たすのかが大きな課題となっている。非軍事外交の視点から徹底検証をした話題の書。

中国人は恐ろしいか!?
〈知らないと困る中国的常識〉

尚会鵬　徐晨陽著　四六判　並製本　定価：1,470円
喧嘩であやまるのは日本人、あやまらないのは中国人。電車で席をゆずるのは中国人、知らんぷりするのは日本人……。日本人と中国人の違いをエピソードを通して、おもしろく国民性を描き出している。

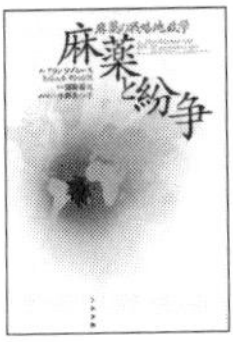

麻薬と紛争

アラン・ラブルース　ミッシェル・クトゥジス著　浦野起央 訳
B6判　上製本　2,520円
世界を取り巻く麻薬の密売ルートを解明する。ビルマ（ミャンマー）・ペルー・アフガニスタン・バルカン・コーカサスなど紛争と貧困を抱える国々が、どのように麻薬を資金源として動いているのかを詳細に分析。

福祉・環境・建築　三和書籍

宇宙飛行士はイビキをかかない
〈くちびるの不思議な働き〉

秋広良昭 著　四六判　定価：1,575 円
私たちが日常の生活で、イビキをかかない無重力下の宇宙飛行士と同じ状態にするためには口唇筋を鍛えることであるが、この筋肉を鍛えることはなかなか難しい。著者、秋宏良昭は『パタカラ』という器具をつかったストレッチ運動を口唇筋を鍛える画期的で効果的な方法と提唱した。またイビキだけではなく口臭、高血圧、痴呆症、生活習慣病などさまざまな効果があるということが報告されている。
本書では口唇筋の重要性について専門的にそしてわかりやすく述べられている。本書を読み終えたとき、タイトルの意味の深さに気づくことだろう。口唇筋の重要性を知るためにも、必携の一冊となるに違いない。

バリアフリー住宅読本
〈高齢者の自立を支援する住環境デザイン〉

高齢者住宅研究所・バリアフリーデザイン研究会著　A5　定価：2,310 円
「家をバリアフリー住宅に改修したい」そんな読者ニーズに応える充実の福祉住環境必携本。バリアフリーの基本から工事まで、場面に合わせて図解で分かりやすく紹介。バリアフリーの初心者からプロまで使えます。
　○日常生活をバリアフリーにする
　○生活空間をバリアフリーにする
　○住宅をバリアフリーに改修する

バリアフリーデザインガイドブック 2004年版

バリアフリーデザインガイドブック編集部 編　A5　定価：3,150 円
もはや定番となったバリアフリーデザインガイドブックの2004年版。今回の特集は、1.福祉用具などを利用した住宅改修　2.高齢者のこころを解読する　3.さまざまな高齢者の住まい　など充実の一冊。

住宅と健康
〈健康で機能的な建物のための基本知識〉

スウェーデン建築評議会編　早川潤一訳　A5 変型　定価：2,940 円
室内のあらゆる問題を図解で解説するスウェーデンの先駆的実践書。
シックハウスに対する環境先進国での知識・経験を取り入れ、わかりやすく紹介。

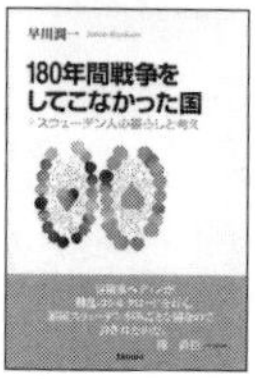

180 年間戦争をしてこなかった国
〈スウェーデン人の暮らしと考え〉

早川潤一著　四六判　1,470 円
なぜスウェーデンが福祉大国になりえたか、その理由を180年間の平和に見い出した著者の分析は論理的で明解だ。
日常レベルの視点から、スウェーデンとスウェーデン人の実際の姿が細かくていねいに描かれている。